醒客的世界

周国平

著

北京出版集团公司
北京十月文艺出版社

新经典文化股份有限公司
www.readinglife.com
出 品

在人类世代传承的精神追求中，在超越时空的灵魂相遇中，始终存在着一个醒客（Thinker 思想者）的世界。无论时代怎样，醒客绝不孤独。

目录
Contents

第一辑　哲学与你有缘

哲学与你有缘 / 2

儿童与哲学 / 7

让小柏拉图结识大柏拉图 / 9

孩子和大师之间的桥梁 / 12

哲学始于惊疑 / 14

泰勒斯：一则关于哲学家的寓言 / 16

探路幸福 / 22

什么是幸福？ / 25

第二辑　爱智之旅

做自己的朋友 / 30

与自己谈话的能力 / 31

认识你自己 / 32

性格就是命运 / 34

多听少说 / 36

宇宙公民 / 38

谁是真正的爱国者 / 40

做一个能够承受不幸的人 / 42

一无所需最像神 / 43

哲学家与钱财 / 44

自己身上的快乐源泉 / 45

从容面对生死 / 47

第三辑　智慧与信仰

因为痛苦，所以思考 / 50

哲学是分身术 / 53

困惑中的寻求 / 56

关于哲学的小杂感 / 59

灵魂的品质 / 62

灵魂另有来历 / 65

精神生活 / 67

关于幸福的思考 / 72

第四辑 时代的反思

无趣的时代 / 78

再谈无趣的时代 / 80

心平气和看于丹现象 / 82

爱国的平常心 / 86

中国人的"比赛精神" / 88

知识分子何为？ / 91

法治社会与公民幸福 / 95

公民对于法治建设的责任 / 101

不让任何人有隐身术 / 105

网络时代的反思 / 107

在全球视野中看文化 / 110

车风和人品 / 113

第五辑　醒客的世界

青春期的阅读 / 116

站在巨人的肩膀上 / 119

幸福的醒客 / 120

让百科全书走近我们的孩子 / 123

我的好书观 / 126

一个可爱的老人 / 127

中国最有灵魂的作家 / 129

以西方科学传统为镜 / 132

性情中的"哲学大使" / 134

做学问与做人 / 137

第六辑　教育的理念

教育的七条箴言 / 140

守护人性 / 147

传承高贵 / 149

神圣的好奇心 / 152

剩下的才是教育 / 155

怎样教孩子处世做人 / 158

用爱和智慧保护孩子 / 161

我的教育梦很古老 / 162

尼采反对"扩招" / 164

我心目中的好教师 / 168

中学老师是最难当的 / 173

如果我是语文教师 / 175

母语是教育的起点 / 177

第七辑　为教育把脉

为中国今天的教育把脉 / 182

把赌注下在素质教育这一边 / 186

功利化教育与其中的学生 / 191

一个好校长在今天能做什么 / 195

沙漠上的一块小小的绿洲 / 199

恢复常识和记忆 / 201

诗性的教育感悟 / 204

第八辑　文艺的风景

真文学是非职业的 / 210

文学新人："这一个"，而不是"下一个" / 212

写作上的从小见大 / 214

怎样通过叙事来说理 / 216

闲情的分量 / 218

风景是永恒 / 220

第九辑　唯美的欢娱

唯美的欢娱 / 224

明月几时有 / 227

物是人非事事休 / 231

春花秋月何时了 / 234

却道天凉好个秋 / 237

第一辑

哲学与你有缘

哲学与你有缘

1. 哲学就是谈心

公元前5世纪是哲学的世纪,东西方各有圣人出——孔子和苏格拉底,分别奠定了中西两千多年的精神传统。这两位大哲,一生致力于做一件事,就是和年轻人谈心。他们都不设课堂,不留文字,谈心是他们从事哲学的主要方式。只是到了身后,弟子把老师的言论整理成书,于是中国有《论语》,西方有柏拉图对话录,成为中西哲学之元典。

一个人要和别人谈心,必须先和自己谈心。孔子和苏格拉底想必亦如此,是把和自己谈心的所得告诉了学生。和自己谈心,这正是基本的哲学活动,而它是我们每个人都可以进行的。

你也许会说:谈心还不容易?且慢,请回想一下,你有多少时间是在和自己谈心?我们平时忙于事务,和自己谈的——也就是脑中想的——多半也是事,怎么做某件事、怎么与人打交道之类。陷在事之中,这个状态是最不哲学的。不过,只要愿意,你又是可以抽出一些时间和自己谈心的,而养成了这个习惯,就是进入了一种哲学的生活状态。

2. 哲学开始于惊疑

谈心谈什么？谈宇宙，谈人生，总之是谈大问题。从事中跳出来，看宇宙和人生的全景，想大问题，你的心就会变得开阔。

柏拉图有言：哲学开始于惊疑——惊奇和疑惑。惊奇，面对的是宇宙；疑惑，面对的是人生。无论人类，还是个人，一旦对宇宙感到惊奇，对人生感到困惑，哲学就开始了。

在古希腊，最早的哲学开始于仰望星空，早期哲学家多半是天文学家。古希腊第一个哲学家泰勒斯，总是专注于抬头看天，有一回不慎掉入井中，因此遭到身边女仆的嘲笑，笑他急于知道天上的事情，却看不见地上的事物。我替泰勒斯回答她：宇宙无限，人类的活动范围如此狭小，忙于地上的事情而不去探究天上的道理，岂不是更可笑的无知？

到了苏格拉底，希腊哲学发生了一个转折。按照西塞罗的说法，苏格拉底是第一个把哲学从天上召唤到地上来的人。他的哲学聚焦于人生，看见人们似乎明白实际是麻木地生活着，他就用追根究底的提问使之产生疑惑，激励其开始思考人生。他的这种做法得罪了许多人，因此被雅典法庭判处死刑。宣判之时，他在法庭上说出了一句流传千古的名言："未经思考的人生不值得一过。"

康德说：世上最使人敬畏的两样东西是头上的星空和心中的道德律。哲学无非是做两件事，一是思考头上的星空，宇宙的奥秘，二是思考心中的道德律，做人的道理。所以，可以这样给哲学下定义：哲学是对世界和人生的根本问题的思考。

3. 孩子都是哲学家

人们常常说哲学玄虚、抽象、艰涩，其实不然。用哲学的定义来衡量，你会发现，孩子都是哲学家。

举我的女儿为例。四岁时她问："天上有什么？"妈妈答："云。"问："云后面呢？"答："星星。"问："星星后面呢？"答："还是星星。"问："最后的最后是什么？"答："没有最后。"问："怎么会没有最后？"妈妈语塞。她又问："第一个人是从哪儿来的？"答："中国神话说是女娲造的。"问："女娲是谁造的？"妈妈也语塞。女儿五岁时知道人长大了会老会死，因此常说一句话："我不想长大。"有一天自语："假如时间不过去该多好，我就不会长大了。"然后问我："为什么时间会过去？"我同样是语塞。

其实，做父母的只要留心，都会发现自己的孩子问过类似的问题。这类问题之所以回答不了，原因不是缺乏相关知识，而是因为超越了知识的范围，是所谓终极追问。这正是哲学问题的特点。

请回想一下，在童年时代，当你仰望星空之时，何尝不是对宇宙之谜怀有一种神秘感？当你知道生必有死之时，何尝不是对生命意义产生了一种困惑？反过来说，面对浩渺宇宙不感到惊奇，面对短暂人生不感到疑惑，岂不是最大的麻木？所以，哲学问题绝不是某几个头脑古怪的哲学家挖空心思想出来的，而是人生本身就包含着的。如果你葆有孩子般纯真的心智，它们一定仍然是你的问题。

4. 哲学没有标准答案

哲学是对世界和人生的根本问题的思考——在这个定义中，请注意两个关键词。其一，根本问题。哲学不只是方法论，如果你撇开根本问题，只是琢磨用什么聪明的方法去解决一些枝节问题，你就仍然与哲学无缘。其二，思考。哲学不是教条，如果你放弃独立思考，只是记诵一些现成的结论，你离哲学就比没有学这些教条的时候更远了。

哲学上的根本问题，比如世界的本质和人生的意义，原是没有最终答案的，更不存在所谓标准答案。如果有一种哲学宣称能给你一个标准答案，那一定是伪哲学。哲学的原义是爱智慧，什么是爱智慧？未经思考的人生不值得一过——苏格拉底的这句名言是最好的注解，就是绝不肯糊里糊涂地活，一定要想明白人生的道理。可是，教条式的哲学教学做的正是相反的事情，恰恰是要给你一个不思考的人生。

所以，我认为必须改革我们的哲学教学。哲学教材应该以问题为核心，辑录大哲学家们的相关著作，让年轻人知道人类最伟大的头脑在思考什么问题，有些什么不同的思路。通过这样的学习，唤醒你心中本来就存在的类似问题，使你对它们的思考保持在活跃和认真的状态。达到了这个效果，你就是真正进入了哲学。

5. 哲学让你有一个好心态

也许有人要问：既然哲学问题没有最终答案，思考它们又有何用？我的回答是：想这些无用问题的用处，就是让你有一个好心态。

首先，一个想宇宙和人生大问题的人，眼界和心胸比较开阔，在日常生活中就会比较超脱。王尔德说："我们都生活在阴沟里，但我们中有些人仰望星空。"可以想见，当人们热衷于阴沟里的争斗之时，仰望星空的人是不会参与其中的。相反，如果你的人生没有广阔的参照系，就容易把全部注意力放在眼前的事情上，事情多么小也会被无限放大，结果便是死在一件小事上。

其次，人生哲学的核心是价值观。在价值观问题上，当然也不存在最终答案，但你可以有自己的选择，而这个选择事关重大。唯有从人生的全景出发，你才能看明白人生中什么是重要的，什么是不重要的，而这正是哲学的作用。因此，对于重要的东西，你可以看得准、抓得住，对于不重要的东西，你可以看得开、放得下，做到大事不糊涂、小事不纠结，从而活得更积极也更超脱。

说到底，哲学解决的是心的问题，是要让你的心有一个好的状态。

2014.6

儿童与哲学

经常有人问我：要不要让孩子学哲学？几岁开始学比较好？我总是反问：让孩子学哲学？有这个必要吗？孩子都是哲学家，应该是我们向他们学！这不只是戏言，凭借亲自观察，我深信儿童与哲学之间有着天然的亲和性，和大多数成人相比，孩子离哲学要近得多。在有些人眼中，孩子与哲学似乎不搭界，那是因为他们既不懂孩子，严重地低估了孩子的心智，也不懂哲学，以为哲学只是一门抽象的学问，对两方面都发生了误解。

有心的父母一定会注意到，儿童尤其幼儿特别爱提问，所提的相当一部分问题是大人回答不了的，原因不是缺乏相关知识，而是没有任何知识可以用作答案。这样的问题正是不折不扣的哲学问题。哲学开始于惊疑，孩子心智的发育进入旺盛期，就自然而然地会对世界感到惊奇，对人生产生疑惑，发出哲学性质的追问。清新活泼的儿童心智与陌生新鲜的大千世界相遇，这是人类精神的永恒的灿烂现象，但在每个人一生中却又是稍纵即逝的短暂时光。

所以，如果说"学"哲学，儿童期正是"学"哲学的机不可失的黄金时期。不过，所谓"学"完全不是从外面给孩子灌输一些书本上的知识，而是对孩子自发表现出来的兴趣予以关注、鼓励和引导。

对于孩子的哲学性质的提问，聪明的大人只需要做两件事，第一是留意倾听他们的问题，第二是平等地和他们进行讨论。相反的态度是麻木不仁、充耳不闻，或者用一个简单的回答把孩子的提问打发掉，许多孩子的哲学悟性正是这样在萌芽阶段就遭扼杀了。

凡真正的哲学问题都没有终极答案，更没有标准答案。一定有人会问：既然如此，让孩子思考这种问题究竟有什么用？我只能这样回答：如果你只想让孩子现在做一架应试的机器，将来做一架就业的机器，当然就不必让他"学"哲学了。可是，倘若不是如此，你更想使孩子成长为一个优秀的人，哲学就是"必修课"。通过对世界和人生的那些既"无用"又"无解"的重大问题的思考，哲学给予人的是开阔的眼光、自由的头脑和智慧的生活态度，而这些品质必将造福整个人生。

2010.12

让小柏拉图结识大柏拉图
——《小柏拉图》丛书总序

我喜欢这套丛书的名称——"小柏拉图"。柏拉图是西方哲学的奠基者,他的名字已成为哲学家的象征。小柏拉图就是小哲学家。

谁是小柏拉图?我的回答是:每一个孩子。老柏拉图说:哲学开始于惊疑。当一个人对世界感到惊奇,对人生感到疑惑,哲学的沉思就在他身上开始了。这个开始的时间,基本上是在童年。那是理性觉醒的时期,好奇心最强烈,心智最敏锐,每一个孩子头脑里都有无数个为什么,都会对世界和人生发出种种哲学性质的追问。

可是,小柏拉图们是孤独的,他们的追问往往无人理睬,被周围的大人们视为无用的问题。其实那些大人也曾经是小柏拉图,有过相同的遭遇。一代代小柏拉图就这样昙花一现了,长大了不再想无用的哲学问题,只想有用的实际问题。

好在有幸运的例外,包括一切优秀的科学家、艺术家、思想家等等,而处于核心的便是历史上的大哲学家。他们身上的小柏拉图足够强大,茁壮生长,终成正果。王尔德说:"我们都生活在阴沟里,但我们中有些人仰望星空。"这些大哲学家就是为人类仰望星空的人,他们的存在提升了人类生存的格调。

对于今天的小柏拉图们来说,大柏拉图们的存在也是幸事。让他们和这些大柏拉图交朋友,他们会发现自己并不孤独,历史上最伟大的头脑都是他们的同伴。当然,他们将来未必都成为大柏拉图,这不可能也不必要,但是若能在未来的人生中坚持仰望星空,他们就会活得有格调。

我相信,走进哲学殿堂的最佳途径是直接向大师学习,阅读经典原著。我还相信,孩子与大师都贴近事物的本质,他们的心是相通的。让孩子直接读原著诚然有困难,但是必能找到一种适合于孩子的方式,让小柏拉图们结识大柏拉图们。

这正是这套丛书试图做的事情。全书共十册,选择十位有代表性的大哲学家,采用图文并茂讲故事的方式,叙述每位哲学家的独特生平和思想。这几位哲学家都足够伟大,在人类思想史上产生了巨大而深远的影响,同时也都相当有趣,各有其鲜明的个性。为了让读者对每位哲学家的思想有一个瞬间的印象,我各选一句名言列在下面,作为序的结尾,它们未必是丛书作者叙述的重点,但无不闪耀着智慧的光芒。

苏格拉底:未经思考的人生不值得一过。

第欧根尼:不要挡住我的阳光。

伊壁鸠鲁:幸福就是身体的无痛苦和灵魂的无烦恼。

笛卡尔:我思故我在。

莱布尼茨:世界上没有两片完全相同的树叶。

康德:最令人敬畏的是头上的星空和心中的道德律。

卢梭:出自造物主之手的东西都是好的,一到了人的手里就全变坏了。

马克思:真正的自由王国存在于物质生产领域的彼岸,这就是作为目的本身的人的能力的发展。

爱因斯坦：因为知识自身的价值而尊重知识是欧洲的伟大传统。

海德格尔：在千篇一律的技术化的世界文明时代中，人类是否和如何还能有家园？

2013.8

孩子和大师之间的桥梁
——《哲学家讲述哲学故事》系列丛书中文版序

哲学是启迪人生智慧的学科。人的一生中,是否受到哲学的熏陶,智慧是否开启,结果大不一样。哲学在人生中的作用似乎看不见、摸不着,其实至大无比。有智慧的人,他的心是明白、欢欣、宁静的,没有智慧的人,他的心是糊涂、烦恼、躁动的。人生最值得追求的东西,一是优秀,二是幸福,而这二者都离不开智慧。所谓智慧,就是想明白人生的根本道理。唯有这样,才会懂得如何做人,从而成为人性意义上的真正优秀的人。也唯有这样,才能分辨人生中各种价值的主次,知道自己到底要什么,从而真正获得和感受到幸福。

哲学对于人生有这么大的意义,那么,我们怎样才能走近它、得到它呢?我一向认为,最可靠的办法就是直接阅读大哲学家的原著,最好的哲学都汇聚在大师们的作品中。不错,大师们观点各异,因此我们不可能从中得到一个标准答案,然而,这正是读原著的乐趣和收获之所在。一个人怎样才算是入了哲学的门?是在教科书中读到了一些教条和结论吗?当然不是。唯一的标准是看你是否学会了用自己的头脑去思考人生的根本问题,从而确立了自己的人生信念。那么,看一看哲学史上诸多伟大头脑在想一些什么重大问题,又是如何进行独立思考的,正可以给你最好的榜样和启示。

常常有父母问：让孩子在什么年龄接触哲学书籍最合适？我的回答是：顺其自然，早比晚好。顺其自然，就是不要勉强，孩子若没有兴趣，勉强只会导致反感。早比晚好，则要靠正确的引导了，方法之一便是提供足以引发孩子兴趣的适宜读物。当然，孩子不可能直接去读原著，但是，我相信，通过某种方式让他们了解那些最伟大的哲学家的基本思想，仍然是使他们对哲学真正有所领悟的必由之路。

正是基于这一想法，我乐于推荐《哲学家讲述哲学故事》系列丛书。这套丛书选择了东西方哲学史上五十位大哲学家，以各人的核心思想为主题，一人一册，用讲故事做诱饵，一步步把小读者们引到相关的主题中去。我的评价是，题材的选择颇具眼力，五十位哲学家几乎囊括了迄今为止对人类历史产生了最重要影响的精神导师。故事的编撰，故事与思想的衔接，思想的表述，大致都不错，水平当然有参差。我觉得最难能可贵的是，韩国的儿童教育学家和哲学家极其认真地做了这件事，在孩子和大师之间筑了一座桥梁。对比之下，我们这个泱泱大国应该感到惭愧，但愿不久后我们也有原创的、高水平的类似书籍问世。

2010.2

哲学始于惊疑
——《苏菲的世界》中文插图本序

在哲学启蒙书中,乔斯坦·贾德著的《苏菲的世界》也许是最畅销的一本,而且在相当程度上已经成为长销不衰的名著。在我看来,这本书之所以获得巨大的成功,是得益于其巧妙的构思。全书实际上有两条线索。一是十四岁少女苏菲与那位神秘哲学家艾伯特之间的通信和往来,而通过哲学家对苏菲的授课和谈话,作者对西方哲学自古至今的发展脉络和探讨的主要问题做了引人入胜的讲解。二是同龄少女席德与她父亲艾勃特之间的通信和往来。读者发现,两条线索由交错、靠近而重合,到头来真相大白,苏菲和神秘哲学家只是席德父亲艾勃特为女儿写的书里的虚构人物,或者毋宁说,是艾勃特化身为艾伯特在向同样化身为苏菲的席德进行哲学启蒙。

柏拉图曾言:哲学始于惊疑。事实上,不论是谁,倘若没有对世界的惊奇和对人生的疑惑,就不会开始哲学的思考。作者深明此理,无论讲述哲学本身的内容,还是设计故事的情节,处处着意激起读者的惊疑。他把哲学课变成了悬疑和破案,虚虚实实,似梦似真,对于少年读者——今天的苏菲和席德们——自然就充满吸引力了。

有趣的是,贾德的这本书虽然畅销全球,但至今没有一个插图本,而填补这个空白的竟是一个中国姑娘。孙懿欢自幼习画,留学法国,浸染当代艺术，其作品色彩绚丽，造型梦幻，也在虚实之间，恰与原著的风格对应。看她的插图，我觉得好像是把苏菲听哲学课时脑中闪现的图像捕捉住了，定格在了画纸上。我相信，贾德本人看了她的画，亦当会心一笑。

2012.8

泰勒斯：一则关于哲学家的寓言

一、哲学开始于抬头看天

说起泰勒斯（Thales），谁都知道他是西方历史上第一个哲学家。然而，他活着时，可没有人称他为哲学家，那时 Philosopher 这个词还没有产生呢。当年他是作为一个天文学奇才而名声大振的，他家乡的人最引以为自豪的也是这一点，在为他立的雕像上镌刻了这样一句铭文："这里站立着最智慧的天文学家泰勒斯，他是米利都和伊奥尼亚的骄傲。"

希罗多德在《历史》中多次提到泰勒斯，其中一次是说他预言了某年会发生日全食，而后得到了应验。现在人们就是根据这次日全食的实际发生时间（公元前585年）来推断泰勒斯的活动年代的。此外，泰勒斯在天文学上的成就还包括：发现小熊星座，使航海者能够据以导航；确定一年为三百六十五天，一个月大致为三十天，等等。拉尔修援引前人的说法，说他是第一个研究天文学的人。看来，泰勒斯作为天文学之父的地位，是在他在世时或去世不久就已确立了的。

这些成就很了不起，但是，凭这些还不能说泰勒斯是哲学家。后世公认他为最早的哲学家，根据的是亚里士多德在《形而上学》

中提到的他的一个论断,即"水是万物的本原"。这个命题最早表达了"一切是一"的形而上学信念,是最早的哲学命题,泰勒斯因此也被尊为西方哲学之父。

哲学和天文学在历史上同时产生,有一个共同的始祖,应该不是巧合。哲学开始于抬头看天。无论人类还是个人,倘若只埋头于人间事务,就只是生活在局部之中。抬头看天,意味着跳出了局部,把世界整体当作思考的对象了,而这正是哲学的特征。泰勒斯抬头看天,看出了宇宙的若干可以计算的小奥秘,成了天文学家,更看出了宇宙的某种不可言传的大奥秘,成了哲学家。他用"水是万物的本原"命题来表达他看到的这个大奥秘,表达得多么笨拙。尼采惋惜地说:"泰勒斯看到了存在物的统一,而当他想传达这一发现时却谈起了水!"然而,由于这个命题,人类用有限理性把握世界大全的努力拉开了序幕。这是伟大而又注定失败的努力,不管后世哲学家提出的命题多么高明,距离哲学所要达到的这个目标都同样遥远。从泰勒斯开始,哲学就是试图超越人的限制而达于神的全知,在这努力中,人虽然永远不能成为神,却使自己达到了人的伟大的极限,从而最大限度地接近于神了。

二、因为抬头看天而坠井

柏拉图在《泰阿泰德》中讲了一个著名的故事:泰勒斯在抬头看天时不慎掉入井中,因此受到身边一个聪明伶俐的女仆的嘲笑,笑他急于知道天上的事情,以至于看不见脚边的东西了。柏拉图接着议论说:这样的嘲笑其实可以加在所有哲学家身上。按照他的描述,哲学家必定如此,也理应如此,因为习惯于也擅长于从总体上思考事物，不屑于关心世俗事务尤其是人际关系，在后一方面就会显得笨拙，结果招来了俗人们的嘲笑。

这个故事一定流传很广，在流传中出现了不同的版本。在拉尔修的笔下，泰勒斯因为抬头看天而坠井之后，遭到了一个老太婆的斥责。老太婆气势汹汹地责问："既然你连脚边的东西都看不见，怎能指望知道天上的事情？"她的逻辑是，既然连小聪明也没有，怎么会有大智慧？这个老太婆才真是俗到家了，相比之下，柏拉图版本中的那个女仆多么可爱。

对于哲学家的拙于俗务，我们看到了三种评价：柏拉图认为是优点；女仆认为是可笑但可原谅的缺点；老太婆认为是不可原谅的缺点。这三种评价至今仍为不同的人们所主张。

蒙田认为，忽视脚边的事物是一切哲学家的通病，所以他对揭露了这个通病的女仆十分赞赏。在他看来，善待日常生活不是小聪明，而正是大智慧的体现。我也认为，一个人看脚边事物的眼光完全可以是智慧的，不过我相信，这种眼光一定是在抬头看天时形成的。那些从来不抬头看天的人，他们看脚边事物的眼光至多是精明的，不可能是智慧的。

在拉尔修的《名哲言行录》中，坠井的故事还有另一个版本。那里录载了阿那克西美尼给毕达哥拉斯的一封信，其中说，泰勒斯年老时，有一天晚上走出庭院，带着女仆去看星星，不慎跌下悬崖而死。照这说法，坠井不是一出喜剧，而是一个悲剧。可是，在这同一部著作里，关于泰勒斯的死因，拉尔修又说，老年泰勒斯是在观看一场体育比赛时死于中暑的。

也许泰勒斯根本就没有坠井，坠井的故事只是一则关于哲学家的寓言。

三、但哲学家绝不是呆子

亚里士多德在《政治学》中讲了泰勒斯的另一个故事：人们因为泰勒斯贫穷而讥笑哲学无用，他听后小露一手，通过观察天象预见明年橄榄丰收，便低价租入当地全部榨油作坊，到橄榄收获季节再高价租出，结果发了大财。"他以此证明，哲学家如果愿意，要富起来是很容易的，但这不是他们的志趣所在。"

这件事也未必属实，亚里士多德指出，因为泰勒斯以智慧闻名，这个故事就归到了他的名下。泰勒斯曾经经商是事实，但以取得生活必需为限度。古希腊好些伟人，包括泰勒斯、毕达哥拉斯、梭伦、柏拉图、德谟克利特，都曾去埃及旅行和学习，大多是靠经商自筹旅资的。按当时的风气，经商是一种光荣，可以借此周游历国，增长阅历和知识。希腊早期哲人是埃及祭司的学生，青出于蓝而胜于蓝，把秘教和实用知识提升成了哲学。

古希腊人是推崇实践的智慧的。泰勒斯入选七贤，成为全希腊最受尊敬的七人之一，凭的也是实践的智慧，而不是抽象的玄思。区别在于，其他六人仅以政治的智慧著称，他则使自己的思考超出了实用的范围，并且是一个全才，还擅长科学的发现和技术的发明。柏拉图在《国家篇》中罗列荷马的罪状，其中之一是不懂技艺，作为对照，盛赞泰勒斯是一位有许多精巧发明的能工巧匠。这么看来，他为哲学家在世俗事务方面的笨拙辩护，是指哲学家不关心个人利益，同时却也主张哲学家的智慧应能增进公共利益。

事实上，希腊许多哲学家都很看重与君主的友谊。泰勒斯生活在孤独中，远离城邦事务，但同时与米利都的僭主塞拉绪布罗私交甚笃，常年居住在这位僭主的府上。阿那克萨哥拉是雅典政治领袖伯里克利的老师。柏拉图三次到西西里，试图通过叙拉古的僭主大、小狄奥尼修实现自己的理想国之梦。亚里士多德是亚历山大大帝的老师。如此看来，为帝王师并非只是中国儒家的理想。

即使泰勒斯真的曾经坠井，他也不是一个呆子。即使泰勒斯真的做过油坊生意，他也不是一个商人。而后世有一些以哲学为职业的人，即使不曾坠井，也未必经商，却很可能是呆子和商人的双料货，唯独不是哲学家。

四、不过哲学家可能比较怪

拉尔修记录了关于泰勒斯的三则逸闻。其一，他终身不娶，母亲催他结婚，起先他回答说太早了，后来他回答说太迟了。其二，他收养了一个男孩，有人问他为什么不自己生一个，他答："因为爱孩子。"其三，他说生与死没有区别，有人问："那你为什么不去死？"他答："因为没有区别。"

依我看，在结婚、生育、死亡这三件人生大事上，泰勒斯的回答都有诡辩之嫌。不过，这三则逸闻有可能是附会到泰勒斯头上的，人们给这位最早的哲学家编了这些故事，其实反映了一般人眼中哲学家的古怪行状。

关于第二则逸闻，普卢塔克在《梭伦传》中讲得颇详细，但声明只是传闻。据说，梭伦到米利都拜访泰勒斯，看见他完全不关心娶妻生子，表示惊讶。泰勒斯当时不予答复，几天后设了一个局，让一个客人装作刚从雅典旅行回来。梭伦问雅典有什么新闻，那人回答说，全城都在为一个青年送葬，因为青年的父亲是最受尊敬的公民，而他外出旅行去了。梭伦惊问其名，那人说记不起了，梭伦报出自己的名字,那人说正是。梭伦立刻悲痛欲绝,此时泰勒斯微笑着说出真相,然后说:"你这样一个意志坚强的人也会被击倒,这就是我不娶妻生子的缘故。"

针对这个传闻,普卢塔克发了一通聪明的议论,大意是:我们绝不可用贫穷来防止失去财产,用离群索居来防止失去朋友,用不育子嗣来防止失去儿女,总之,绝不可因为害怕失去就不去获得有价值的东西;使人不能承受失去的不是爱,而是软弱,因此,只应该以理性来对付一切不幸。

普卢塔克不愧是通晓人性的大师,道理讲得透彻,入情入理,击中要害。哲学家立足宇宙,俯观人间,看到一切皆变,人生无常,因此产生一种超脱的心情,看破得失、祸福、生死,这诚然是智慧,但只是智慧的一半。看破的结果应该是坦然承受失去、灾祸、死亡,而不是否定人间的爱、幸福、平凡生活。好的哲学教人在用神的眼光看人生的同时,把人的生活过得更好,这才是完整的智慧。

如果普卢塔克讲的故事属实,我们就无法否认,这一次泰勒斯的确没有看清楚脚边的事情。在古希腊哲学家中,像他那样拒绝娶妻生子的好像并不太多。毕达哥拉斯不但不认为哲学与婚姻势不两立,而且把妻子、女儿、儿子都培养成了哲学家。苏格拉底娶了大小二房,生了三个儿子。后世的哲学家倒是有许多打光棍的,可以排出一个长长的名单。可能有两种情况,一是出于怪癖,自己不想结,二是女人觉得他怪,不肯和他结。在我看来,既然生而为人,即使做了哲学家,也应该过正常的人的生活。当然,任何人都有权选择独身,哲学家也不例外,只是请不要用哲学做理由。

2008.3

探路幸福

亚里士多德说:"幸福是人的一切行为的终极目的,正是为了它,人们才做所有其他的事情。"这无非是说人人都想要幸福。然而,这个人人都想要的幸福,却似乎是一个难以捉摸的东西,若问究竟什么是幸福,不但人言人殊,而且很不容易说清楚。

幸福这个词,一般用来指一种令人非常满意的生活。什么样的生活令人满意,的确是因人而异的。有人因此说,幸福完全是一种主观感受,自己觉得幸福就是幸福。当然,主观满意度是幸福的必要条件,自己觉得不幸福的人,你不能说他是幸福的。但是,这不是充分条件。我们应该问一个问题:对于什么样的生活令人满意,人们的感受为什么如此不同?很显然,有一个东西在总体上支配着人们的主观感受,那就是价值观。价值观不对头的人,对幸福的感受必定是肤浅的,也是持久不了的。

为了使幸福的衡量有据可依,现在兴起了幸福指数的研究,试图给幸福制定客观标准。其方法大抵是列出若干因素,比如个人方面的收入、工作、家庭、健康、交往、休闲,社会方面的公平性、福利、文明、生态,等等,给每一项规定一个分值,据此统计总分。作为尝试,这并无不可。我本人对幸福能否数据化持怀疑态度,并且要指出一点：对各个因素重要性的评价，所给的分值，归根到底也是取决于价值观。

由此可见，撇开价值观，幸福问题是说不清楚的。哲学正是立足于价值观来探讨幸福问题。在哲学史上，对幸福的理解大致分两派。快乐主义认为，幸福就是快乐，但强调生命本身的自然性质的快乐和精神的快乐。完善主义认为，幸福就是精神上或道德上的完善，但承认完善亦伴随着精神的快乐。两派的共同点是重生命、轻功利，重精神、轻物质。

无论是哲学家们的赐教，还是我自己的体悟，都使我得出一个结论：人身上最宝贵的价值是生命和精神，倘若这二者的状态是好的，即可称幸福。怎样才算好呢？我的看法是，生命若是单纯的，精神若是丰富的，便是好。所以，幸福在于生命的单纯和精神的丰富。现代人只从物质层面求幸福，却轻慢了人身上最宝贵的两种价值，结果并不幸福，毛病就出在价值观。

为了幸福，我们要保护好生命的单纯。人应该享受生命，但真正的享受生命是满足生命本身那些自然性质的需要，它们是单纯的，而超出自然需要的物欲却导致了生活的复杂，是痛苦的根源。人是自然之子，与自然和谐相处是人类幸福的永恒前提。在当今这个崇尚财富的时代，财富是促进幸福，还是导致不幸，取决于有无正确的财富观。

人是精神性存在，精神需要的满足是幸福的更重要源泉。在物质生活有保障之后，幸福主要取决于精神生活的品质。良好的智力品质表现在智力活动的兴趣和习惯，在此基础上找到自己真正喜欢做的事，拥有属于自己的事业，这个意义上的成功才是会带来巨大幸福感的真成功。良好的情感品质表现在自我的充实，内在生活的丰富，爱的体验和能力，这是自己身上的快乐源泉。良好的灵魂品质表现在善良、高贵的品德，真诚的信仰，这是做人的最高幸福。

　　幸福是相对的，现实的人生必然包容痛苦和不幸。因此，承受苦难乃是寻求幸福之人必须具备的素质。也因此，在智慧的引领下，想明白人生的道理，与身外遭遇保持距离，与命运结伴而行，才能在寻求幸福之路上从容前行。

　　人人都在寻求幸福，通往幸福没有现成的路可走，我们必须探路，而探路本身何尝不是一种幸福。

2012.4

什么是幸福？
——威廉·施密德《幸福》中译本序

幸福似乎是一个人人都想要但没有人能说清的东西，即使哲学家们对之也是众说纷纭，莫衷一是。这倒并不奇怪，因为在日常语言中，这个词通常用来表达一种强烈的对生活满意的感觉，或者换一个实质上相同的说法，用来描述生活的一种特别令人满意的状态。可是，究竟怎样的生活令人满意，倘若追究下去，就涉及了几乎整个人生哲学。这正是从理论上阐明幸福问题的困难之所在。

威廉·施密德的这本书，译成汉语不足两万字，短小的篇幅里，却把这个复杂的问题阐述得条理清晰，颇具说服力。

作者没有纠缠于哲学史上的各种幸福理论，而是从对于幸福的通俗理解入手。其一是好运。德语中泛指幸福的词Glück，原初的含义就是运气。汉语与之相似，"幸"是幸运、运气，"福"是福佑、福气，皆指非人力所能支配的好运。运气显然具有偶然性，可遇而不可求。进而言之，偶然的好运能否有助于幸福，取决于一个人的素质，在素质差的人身上，时间可能最终证明一次好运竟是厄运。

其二是快乐。通常所理解的快乐，是与痛苦相对立的，是要排除痛苦的。在这样肤浅的理解中，快乐几乎可以归结为"脑中的化学物质对劲"，即一种生理心理状态。这种快乐不可能持久，持久的结果必然是厌倦，甚至是乐极生悲。把这种快乐作为幸福来追求，还会使人不能承受人生中必有的痛苦，更不用说从挫折和苦难中获取精神价值了。

从上述分析可知，一种站得住脚的幸福观，应该是不依赖于运气的，也应该是能够肯定痛苦的价值的。作者由此引出"充实"这个概念。充实，就是接受人生根本上的矛盾性，立足于感受真实的、完整的人生，如此产生的幸福感必是深刻而持久的。作者认为，这才是哲学本来含义上的幸福。

可是，如同好运、快乐一样，充实的幸福也是片段式的。人生在世，有时会仿佛没来由地感到一种说不清、道不明的忧愁，它源于一种朦胧的意识，即意识到人生和世界的缺乏根据，人世间任何幸福的不可靠。这是一种深刻的空虚之感，因而可以视为充实的幸福之反面。海德格尔曾对这种感觉做过细致的剖析，指出它具有引人彻悟人生的积极意义。作者也认为，人之存在的这个维度值得精心保护，它可以使人与现实生活保持距离从而进行反思。

不过，这样一来，我们对幸福的寻求岂非走进了死胡同？好像是的，作者于此处告诉我们：人生第一要务不是幸福，而是寻求意义。全书共十章，后面六章的内容转入了对意义的探讨。他指出，意义即关联。按照我对其论述的理解，关联有两类。一类是我们的生活与有限的生命价值和精神价值的关联，比如父母对子女的爱，出于精神动机从事的事业，皆属此类。另一类是我们的生活与无限的生命价值和精神价值的关联，这实际上就是指对人生的超验意义的信仰。作者强调，提供这种超验意义的那个至高境界是否确凿存在，这并不重要，重要的是假设它存在能使生活变得更好，与无限的、神性的充实保持关联才可使人生获得真正充实的幸福。回头看那种作为充实之反面的忧愁，现在不妨承认，其价值正在于把人引向超验意义的寻求，因而也就成了充实的幸福的一个重要因子。

原来，意义问题的探讨并非对幸福主题的偏离，相反是其必由之路和归宿。真正从哲学上界定，幸福的人生就是有意义的人生。

作者在序言中说，他之所以写作本书，只是为了让现代人在"突然发疯似的追求幸福"的路上稍作停留，喘一口气，想一想究竟什么是幸福。正如作者所指出的，这种追求幸福的狂热是一种病态，其病因在于关联破裂，意义缺失，由此产生了人人痛心却无力战胜的内心空虚和外在冷漠。可是，人们往往找错了原因，反而愈加急切地追求物质，寻找表面的快乐，试图以之填满意义的真空，结果徒劳。在我们这里，类似的快乐缺乏症和幸福焦虑症同样也在蔓延，而且有过之无不及。因此，我觉得译介本书是适逢其时。我注意到一个有趣的情况：作为德国的一位哲学教师，作者还有一份兼职工作，就是在瑞士的一所医院担任哲学心灵抚慰师。这倒是一份新鲜的职业，我从中窥知，西方大量开业的心理治疗师大概已经对付不了现代人的心理疾病了。我不能断定哲学心灵抚慰的效果如何，但我相信，对于心理健康来说，哲学的作用一定比心理学更为重要。现代人易患心理疾病，病根多半在想不明白人生的根本道理，于是就看不开生活中的小事。倘若想明白了，哪有看不开之理？

2011.10

第二辑

爱智之旅

做自己的朋友

有人问斯多噶派创始人芝诺:"谁是你的朋友?"他回答:"另一个自我。"

人生在世,不能没有朋友。在所有朋友中,不能缺了最重要的一个,那就是自己。缺了这个朋友,一个人即使朋友遍天下,也只是表面的热闹而已,实际上他是很空虚的。

一个人是否为自己的朋友,有一个可靠的测试标准,就是看他能否独处,独处是否感到充实。如果他害怕独处,一心逃避自己,他当然不是自己的朋友。

能否和自己做朋友,关键在于有没有芝诺所说的"另一个自我"。它实际上是一个人的更高的自我,这个自我以理性的态度关爱着那个在世上奋斗的自我。理性的关爱,这正是友谊的特征。有的人不爱自己,一味自怨,仿佛自己的仇人。有的人爱自己而没有理性,一味自恋,俨然自己的情人。在这两种场合,更高的自我都是缺席的。

成为自己的朋友,这是人生很高的成就。塞涅卡说,这样的人一定是全人类的朋友。蒙田说,这比攻城治国更了不起。我只想补充一句:如此伟大的成就却是每一个无缘攻城治国的普通人都有希望达到的。

与自己谈话的能力

有人问犬儒派创始人安提斯泰尼,哲学给他带来了什么好处,回答是:"与自己谈话的能力。"

我们经常与别人谈话,内容大抵是事务的处理、利益的分配、是非的争执、恩怨的倾诉、公关、交际、新闻,等等。独处的时候,我们有时也在心中说话,细察其内容,仍不外上述这些,因此实际上也是在对别人说话,是对别人说话的预演或延续。我们真正与自己谈话的时候是十分稀少的。

要能够与自己谈话,必须把心从世俗事务和人际关系中摆脱出来,回到自己。这是发生在灵魂中的谈话,是一种内在生活。哲学教人立足于根本审视世界,反省人生,带给人的就是过内在生活的能力。

与自己谈话的确是一种能力,而且是一种罕见的能力。有许多人,你不让他说凡事俗务,他就不知道说什么好了。他只关心外界的事情,结果也就只拥有仅仅适合于与别人交谈的语言了。这样的人面对自己当然无话可说。可是,一个与自己无话可说的人,难道会对别人说出什么有意思的话吗?哪怕他谈论的是天下大事,你仍感到是在听市井琐闻,因为在里面找不到那个把一切连结为整体的核心,那个照亮一切的精神。

认识你自己

"认识你自己!"——这是铭刻在希腊圣城德尔斐神殿上的著名箴言,希腊和后来的哲学家喜欢引用来规劝世人。对这句箴言可作三种理解。

第一是人要有自知之明。这大约是箴言本来的意思,它传达了神对人的要求,就是人应该知道自己的限度。希腊人大抵也是这样理解的。有人问泰勒斯,什么是最困难之事,回答是:"认识你自己。"接着的问题:什么是最容易之事?回答是:"给别人提建议。"这位最早的哲人显然是在讽刺世人,世上有自知之明者寥寥无几,好为人师者比比皆是。看来苏格拉底领会了箴言的真谛,他认识自己的结果是知道自己一无所知,为此受到了德尔斐神谕的最高赞扬,被称作全希腊最智慧的人。

第二种理解是,每个人身上都藏着世界的秘密,因此,都可以通过认识自己来认识世界。在希腊哲学家中,好像只有晦涩哲人赫拉克利特接近了这个意思。他说:"我探寻我自己。"还说,他的哲学仅是"向自己学习"的产物。不说认识世界,至少就认识人性而言,每个人在自己身上的确都有着丰富的素材,可惜大多被浪费掉了。事实上,自古至今,一切伟大的人性认识者都是真诚的反省者,他们无情地把自己当作标本，藉之反而对人性有了深刻而同情的理解。

第三种理解是，每个人都是一个独一无二的个体，都应该认识自己独特的禀赋和价值，从而自我实现，真正成为自己。这种理解最流行，我以前也常采用，但未必符合作为城邦动物的希腊人的实情，恐怕是文艺复兴以来的引申和发挥了。

性格就是命运

古希腊哲人赫拉克利特说:"一个人的性格就是他的命运。"这句话包含两层意思:一,对于每一个人来说,性格是与生俱来、伴随终身的,永远不可摆脱,如同不可摆脱命运一样;二,性格决定了一个人在此生此世的命运。

那么,能否由此得出结论,说一个人命运的好坏是由天赋性格的好坏决定的呢?我认为不能,因为天性无所谓好坏,因此由之决定的命运也无所谓好坏。明确了这一点,可知赫拉克利特的名言的真正含义是:一个人应该认清自己的天性,过最适合于他的天性的生活,而对他而言这就是最好的生活。

一个灵魂在天外游荡,有一天通过某一对男女的交合而投进一个凡胎。他从懵懂无知开始,似乎完全忘记了自己的本来面目。但是,随着年岁和经历的增加,那天赋的性质渐渐显露,使他不自觉地对生活有了一种基本的态度。在一定意义上,"认识你自己"就是要认识附着在凡胎上的这个灵魂,一旦认识了,过去的一切都有了解释,未来的一切都有了方向。

赫拉克利特的名言也常被翻译成:"一个人的性格就是他的守护神。"的确,一个人一旦认清了自己的天性,知道自己究竟是什么人,他也就知道自己究竟要什么了,如同有神守护一样,不会在喧闹的人世间迷失方向。

多听少说

希腊哲人大多讨厌饶舌之徒。泰勒斯说:"多言不表明有才智。"喀隆(Chilon)说:"不要让你的舌头超出你的思想。"斯多葛派的芝诺说:"我们之所以有两只耳朵而只有一张嘴,是为了让我们多听少说。"一个青年向他滔滔不绝,他打断说:"你的耳朵掉下来变成舌头了。"

每当遇到一个夸夸其谈的人,我就不禁想起芝诺的讽刺。世上的确有一种人,嘴是身上最发达的器官,无论走到哪里,几乎就只带着这一种器官,全部生活由说话和吃饭两件事构成。当今学界多此类人,忙于赶各种场子,在数不清的会上发言,他们虽然仍顶着学者之名,其实是名利场上的说客和食客。

多听当然不是什么都听,还须善听。对于思想者来说,听只是思的一种方式。他的耳朵绝不向饶舌开放,哪怕是有学问的饶舌。他宁愿听朴素的村语、无忌的童言。他自己多听少说,也爱听那些同样多听少说者的话语。他听书中的先哲之言,听自己的灵魂,听天籁,听无字的神谕。当他说的时候,他仍然在听,用问题引发听者的思考,听思想冲决无知的声音,如同苏格拉底所擅长的那样。

我把少言视为思想者的道德。道理很简单,唯有少言才能多思,思想者没有工夫说废话。而如果你珍惜自己的思想，在表达的时候也必定会慎用语言，以求准确有力。舌头超出思想，那超出的部分只能是废话，必定会冲淡甚至歪曲思想。作为珍爱思想的人，从古希腊开始，哲学家们就异常重视语言表达的技巧，爱利亚的芝诺创立了逻辑学，恩培多克勒创立了修辞学，用意就是要把话说得准确有力，也就是让最少的话包含最多的思想。

宇宙公民

阿那克萨哥拉出身高贵而富有,但他放弃了门第和财产,隐居起来,不问政治,潜心研究自然。人问他生到这个世界上来为了什么,他答:"为了研究太阳、月亮和天空。"人又问:"难道你不关心你的祖国吗?"他指着天空答:"我非常关心我的祖国啊。"

据说"世界公民"这个词是第欧根尼发明的。以他为代表的犬儒派哲学家是最早的背包客,全都是一根手杖,一个背包,四处为家,走遍世界。人问第欧根尼来自哪个国家,他答:"我是世界公民。"

"世界公民"(Cosmopolite)又可译作"宇宙公民"。诚如阿那克萨哥拉所说,哲学家的祖国是宇宙。哲学开始于天文学,最早的哲学家几乎都是天文学家。当人类从世间的事务中抬起头来,关心头顶的星空时,哲学诞生了。哲学是人类的乡愁,是对人类永恒故乡的怀念和追寻。在哲学家心中,这种乡愁格外浓郁,他们知道,地图上的国家和城邦旋生旋灭,都不是真正的祖国。于是,作为人类的使者,他们走上了探寻真正的祖国的旅途。对于他们来说,胸怀宇宙不是一个比喻,而是一个事实。他们决心探明整个世界的全貌和本质,在那里找到人类生存的真实意义和可靠基础。

所以,一切鼓吹狭隘国家利益和民族仇恨的哲学家都是可疑的。

哲学家用宇宙的真理衡量人类,又用人类的真理衡量民族和国家,在这样的人心中,狭隘民族主义怎会有容身之地呢?

谁是真正的爱国者

常常有人举着爱国的尺子评判人，但这把尺子自身也需要受到评判。首先，爱国只是尺子之一，而且是一把较小的尺子。还有比它大的尺子，例如真理、文明、人道。其次，大的尺子管小的尺子，大道理管小道理，唯有从人类真理和世界文明的全局出发，知道本民族的长远和根本利益之所在，方可论爱国。因此，伟大的爱国者往往是本民族历史和现状的深刻批评者。那些手中只有爱国这一把尺子的人，所爱的基本上是某种狭隘的既得利益，这把尺子是专用来打一切可能威胁其私利的人的。

爱智慧的人也爱国，但必定是以一种爱智慧的方式来爱。公元前6世纪初，有一个小国叫司奇提亚，国王阿那卡西尔热爱希腊文化，便到伊奥尼亚地区游学。他给当时统治该地区的吕底亚王克里萨斯写信谈自己的目的："我不是为了金子而来，只要能还给司奇提亚一个更好的人，我就满足了。"在雅典时，一个雅典人因为他是蛮邦人而辱骂他，他平静地回答："假如我的国家对于我是一种耻辱，那么，你对于你的国家是一种耻辱。"回到司奇提亚时，他确实成了一个更好的人，却被他的兄弟们以卖国者的罪名杀了。

现在要问：为了使自己和自己的国家变得更好而学习希腊文化

的阿那卡西尔,他的拒绝接受外来先进文化的兄弟们,那个盲目自大的雅典人,这三者之中,谁是真正的爱国者?答案应该是不言自明的。

然而,在阿那卡西尔之后,胸怀世界的真爱国者在异乡遭狭隘的假爱国者辱骂,在本土遭狭隘的假爱国者杀害,这样的故事不断在重演。

做一个能够承受不幸的人

古希腊哲人彼亚斯说:"一个不能承受不幸的人是真正不幸的。"彼翁说了相同意思的话:"不能承受不幸本身就是一种巨大的不幸。"

为什么这样说呢?

首先是因为,不幸对一个人的杀伤力取决于两个因素,一是不幸的程度,二是对不幸的承受力。其中,后者更关键。一个能够承受不幸的人,实际上是减小了不幸对自己的杀伤力,尤其是不让它伤及自己的生命核心。相反,一个不能承受的人,同样的不幸就可能使他元气大伤,一蹶不振,甚至因此毁灭。因此,看似遭遇了同样的不幸,结果是完全不一样的。

其次,一个不能承受的人,即使暂时没有遭遇不幸,因为他的内在的脆弱,他身上就好像已经埋着不幸的种子一样。在现实生活中,大大小小的不幸总是难免的,因此,他被不幸击倒只是迟早的事情而已。

做一个能够承受不幸的人,这是人生观的重要内容。承受不幸不仅是一种能力,来自坚强的意志,更是一种觉悟,来自做人的尊严、与身外遭遇保持距离的智慧和超越尘世遭遇的信仰。

一无所需最像神

某日，苏格拉底在雅典街头闲逛，走过市场，看了琳琅满目的货物，吃惊道："这里有多少我用不着的东西啊！"

苏格拉底逛的是两千多年前的雅典市场，其实那时商品的种类还很有限。假如让他来逛一逛今天的豪华商场，真不知他会发表什么感想呢。

我相信，像苏格拉底这样一个专注于精神生活和哲学思考的人，物质上的需求自然是十分简单的。因为他有重要得多的事情要做，没有工夫关心物质方面的区区小事；他沉醉于精神王国的伟大享受，物质享受不再成为诱惑。

苏格拉底有一句名言："一无所需最像神。"所谓神，就是纯粹的精神，完全摆脱了身体之需，因而是绝对自由的。人毕竟有一个身体，当然不可能如此。所以，第欧根尼有一个修正的说法："一无所需是神的特权，所需甚少是类神之人的特权。"人至少可以把身体之需限制在真正必要的范围内，尽量少为伺候身体花费精力。在一个人的生活中，精神需求相对于物质需求所占比例越大，他就离神越近。

哲学家与钱财

在哲学史上，多数哲学家安贫乐道，不追求也不积聚钱财。有一些哲学家出身富贵，为了精神的自由而主动放弃财产，比如古代的阿那克萨哥拉和现代的维特根斯坦。

哲学家之所以对钱财所需甚少，是因为他们认为，钱财所能带来的快乐是十分有限的。如同伊壁鸠鲁所说：更多的钱财不会使快乐超过有限的钱财已经达到的水平。他们之所以有此认识，又是因为他们品尝过了另一种快乐，心中有了一个比较。正是与精神的快乐相比较，物质所能带来的快乐显出了它的有限，而唯有精神的快乐才可能是无限的。因此，智者的共同特点是：一方面，因为看清了物质的快乐的有限，最少的物质就能使他们满足；另一方面，因为渴望无限的精神的快乐，再多的物质也不能使他们满足。

古罗马哲学家塞涅卡是另一种情况，身为宫廷重臣，他不但不拒绝，而且享尽荣华富贵。不过，在享受的同时，他内心十分清醒，用他的话来说便是："我把命运女神赐予我的一切——金钱，官位，权势——都搁置在一个地方，我同它们保持很宽的距离，使她可以随时把它们取走，而不必从我身上强行剥走。"他说到做到，后来官场失意，权财尽失，乃至性命不保，始终泰然自若。

自己身上的快乐源泉

古希腊哲学家都主张,快乐主要不是来自外物,而是来自人自身。苏格拉底说:享受不是从市场上买来的,而是从自己的心灵中获得的。德谟克利特说:一个人必须习惯于反身自求快乐的源泉。亚里士多德说:沉思的快乐不依赖于外部条件,是最高的快乐。连号称享乐主义祖师爷的伊壁鸠鲁也说:身体的健康和灵魂的平静是幸福的极致。

人应该在自己身上拥有快乐的源泉,它本来就存在于每个人身上,就看你是否去开掘和充实它。这就是你的心灵。当然,如同伊壁鸠鲁所说,身体的健康也是重要的快乐源泉。但是,第一,如果没有心灵的参与,健康带来的就只是动物性的快乐;第二,人对健康的自主权是有限的,潜伏的病魔防不胜防,所以这是一个不太可靠的快乐源泉。

相比之下,心灵的快乐是自足的。如果你的心灵足够丰富,即使身处最单调的环境,你仍能自得其乐。如果你的心灵足够高贵,即使遭遇最悲惨的灾难,你仍能自强不息。这是一笔任何外力都夺不走的财富,是孟子所说的"人之安宅",你可以借之安身立命。

由此可见,人们为了得到快乐,热衷于追求金钱、地位、名声等身外之物，无暇为丰富和提升自己的心灵做一些事，是怎样地南辕北辙啊。

从容面对生死

古希腊有一个名叫克里安忒的哲学家,他不算很出名,但流传下来的他的一则故事很有意思。

在克里安忒很老的时候,有人嘲笑他老不死,他回答:"我已经准备好离开这个世界了,不过,现在身体还行,仍能读书写作,我就打算再等一等。"后来,他患牙龈炎,遵照医嘱禁食了两天,很有效。炎症减轻后,医生让他恢复饮食,他拒绝了,说道:"我在这条路上已经走得太远,犯不着走回头路。"结果禁食而死。

面对生死,这位老人心情何等平静,态度何等从容。他凭借哲学的智慧,想明白了生死的道理,因此有多么健康的心理。我相信,健康的心理来自智慧的头脑。现代人易患心理疾病,病根多半在想不明白人生的根本道理,于是就看不开生活中的小事。倘若想明白了,哪有看不开之理?

克里安忒是斯多葛派的哲学家,这一派把生和死都看作自然的事情,就好像果实成熟了要掉落、演员演完了要谢幕一样。的确,在人生的大树上,做一颗饱满结果而后平静掉落的果实,在人生的舞台上,做一个认真演戏而后从容谢幕的演员,这是人生的大智慧。

第三辑

智慧与信仰

因为痛苦，所以思考

1. 因为痛苦，所以思考

常常有青年问我：一个人不去想那些人生大问题，岂不活得快乐一些？

其实，不是因为思考，所以痛苦，而是因为痛苦，所以思考。想不想这类问题，不是自己可以选择的，基本上是由天生的禀赋决定的。那种已经在想这类问题的人，多半生性敏感而认真，他不是刻意要想，实在是身不由己，欲罢不能。

相反，另有一种人，哪怕你给他上一整套人生哲学课，他也未必会真正去想。

2. 人生大问题并不抽象

对于我来说，人生大问题完全不是抽象的，它们都是我的生活中和灵魂中的问题。因此，我不是刻意去想这些问题，而是无法回避，必须开导自己，为自己解除困惑。我不认为我的思考有多么深刻，事实上，许多困惑仍在，我做到的只是比较真实罢了。既然是我自己的问题，我就不能骗自己，给自己一个虚假的解决。我不觉得这个过程给了我多大的精神压力，或让我付出了什么代价，问题已经在那里，你不去想，它们成为隐痛，更受折磨，不如坦然面对它们。

3. 问题自己找上来

喜欢想人生问题的人，所谓喜欢想，并不是刻意去想，而是问题自己找上来，躲也躲不掉。想这类问题当然会痛苦，但痛苦在先，你不去思考，痛苦仍然在，成为隐痛。既然如此，你不如去面对它，看一看那些最智慧的人是怎么想这类问题的，这可以开阔你的思路，把痛苦变成人生的积极力量。

4. 灵魂中没有问题的人

一个人需要哲学的程度，取决于他对精神生活看重的程度。当一个人的灵魂对于人生产生根本性的疑问时，他就会走向哲学。那些不关心精神生活、灵魂中没有问题的人，当然不需要哲学。这样的人即使去看哲学书，看到的也不是哲学，而是知识和教条。

5. 哲学中第一位的是问题

哲学中第一位的是问题，如果你没有问题，哲学对于你的确是没有用的。

任何一个真正的哲学问题都不可能有所谓标准答案，可贵的是发问和探究的过程本身，使我们对那些根本问题的思考始终处于活泼的状态。

你有了问题，了解了大师对这个问题的想法，在此基础上进行独立思考，哪怕你找不到答案，这个过程也会让你深刻。

6. 今天的时代更需要哲学

一个不问生活意义的人，当然是不需要哲学的，可是，我相信，人毕竟是有灵魂的，没有谁真正不在乎活得有没有意义。事实上，人们越是被世俗化潮流裹胁着在功利战场上拼搏，生活在人生的表面，心中就越是为意义的缺失而困惑，而焦虑。因此，在今天的时代，我们比以往任何时候都更需要哲学来为自己的人生定位和定向。

7. 哲学不是方法论

所谓哲学就是方法论，这个流传甚广的观念严重地误解了哲学的性质。哲学是对世界和人生的根本问题的思考，离开根本问题，只是琢磨用什么聪明的方法去解决枝节问题，这与哲学何干。

当然，想明白大问题，对于解决小问题也会有作用。可能的作用有二。其一，拓宽了视野，用大道理管小道理，解决小问题时有了原则和方向。其二，拓宽了胸怀，对原来纠缠你的小问题看得开也放得下了，不解决也解决了。

哲学是分身术

1. 从局部中跳出来

我们平时所做之事、所过之生活只是一个局部，哲学就是要我们从这个局部中跳出来，看世界和人生的全局，由此获得一个广阔的坐标，用以衡量自己所做之事、所过之生活，用全局指导局部，明确怎样做事和生活才有意义。

哲学让人从当下的具体生活中跳出来，给人一个更高的视角。有没有这个更高的视角很重要，如果有，大苦难也会缩小，不能把你压垮，如果没有，小挫折也会放大，把你绊倒。你尽可以在人世间执着和追求，但是，有了哲学，你就有了退路。

2. 解除透视原理

日常的距离感遵循透视原理，近景大而远景小。这是生存所必需的幻觉，使我们能够认真对付切身的事务。但是，这也会使我们一叶障目，舍本求末。哲学就是让我们暂时解除透视原理，仿佛还原一幅宇宙和人生的全景图。在这幅全景图上，我们把远景拉近看而知其大，把近景推远看而知其小，对事物的大小有了比较客观的认识。回到日常生活中，我们仍会把近景看大，但心中已知其小，不会完全受其支配了。

3. 哲学的拯救作用

现代人容易有心理问题和道德问题，究其根源，在很大程度上可以归结为哲学问题，皆源于不明白人生的根本道理。人生道理不明，遇事想不开，郁结于心，便成心理疾患。人生道理不明，见利起贪心，失足于行，便成道德污点。心理疾患害己，道德污点害人亦害己，可见明白人生道理之重要，哲学之具有拯救作用。心理治疗和道德劝诫都必须有哲学的内涵，如果没有，心理治疗只是治标，道德劝诫只是说教。

4. 哲学是分身术

如果没有哲学，我会沉溺于当下具体生活中，把它看成整个世界。有了哲学的思考角度，我就不会把某一个具体的苦难看成我人生的全部。

哲学是一种分身术，它能将我分成两个，一个是有很多尘世欲望的具体的我，在红尘中奋斗、挣扎。另一个是哲学的我、理性的我、灵魂的我，会站在更加开阔的天地之间，从更加超脱的角度来劝导那个具体的我。哲学不能消除我遇到的具体的苦难，但它让我拥有一个站在高处的自我，这个自我能站在永恒的立场上考虑问题，就会感觉眼前的任何遭遇都是短暂的、渺小的，从最后结果来看都是一样的。这样,就把那个具体的我从苦难中拔了出来,使它不至于被苦难压垮。

困惑中的寻求

1. 哲学与宗教、科学的比较

哲学和宗教都是终极关切,都要对世界的本质和生命的意义给出一个完整的说明。但是,它们寻求解答的手段却不同。在宗教看来,世界和人生的整体是一个神秘,人的理性是有限的,不可能将它弄明白,唯有靠神的启示来接近它。相反,哲学只信任理性,要求对问题做出理由充足的解答。在这一点上,哲学又和科学一样。

如此看来,哲学家有一个宗教的灵魂,却长着一颗科学的脑袋。灵魂是一个疯子,它问的问题漫无边际,神秘莫测。头脑是一个呆子,偏要一丝不苟、有根有据地来解答。疯子问,呆子答,其结果可想而知。

然而,哲学面向宗教,敢思科学之不思,又立足科学,敢疑宗教之不疑,正是这一结合了两种对立因素的品格使之成为比科学和宗教更加伟大的东西。

2. 困惑中的寻求

对人生的困惑,归结起来,无非两大类,借用佛家的话说,便是色与空。色代表情感的困惑,空代表生命意义的困惑。这两类问题,想来想去,也许到头来仍是困惑。不过,想的好处是,在困惑中仿佛有了方向,困惑中的寻求形成了人的精神生活。因为色的诱惑,男人走向女人,女人走向男人,走进彼此的心灵,由色入情,于是有了爱。因为空的疑惑,人类呼唤世界之本相,呼唤神,由空入悟,于是有了哲学和宗教。人的精神生活正是在这两个方向上展开的:情感生活指向人,其实质是人与人之间的精神联系,使我们在尘世扎下根来;沉思生活或信仰生活指向宇宙,其实质是人与宇宙之间的精神联系,使我们有了超越的追求。

3. 内在的困境

从学术上看,哲学研究似乎是发展了,越来越深入、细致,但你不能说现在的哲学就比古希腊高明,根本问题仍是一样地没有解决。这是人生内在的困境,只要人在,困境就在,哲学就始终要去思考。

人是唯一寻求意义的动物,没有意义也要创造出意义来,于是就产生了哲学、宗教、艺术。然而,人生到底有没有意义?不知道。

4. 创造意义是天地生人的目的

自然对意义是冷漠的,但人不能忍受自己在一个无意义的宇宙中度过无意义的生命。不过,既然人是自然的产物,我们也就可以把人的追求看作自然本身的要求的一种间接表达。

通过自己的存在来对抗自然的盲目和无意义,来赋予本无意义的自然以一种形而上的意义,这是人的使命,也不妨视为天地生人的目的之所在。

5. 智慧的恒久价值

读西方古代乃至近代哲学家的书，你会发现，他们的自然哲学往往已经过时，而关于人性、人生的论述则仍多精彩之见。由此可见，人类的知识在进步，基本的人性和人生的基本道理则是不变的，这方面的智慧和洞见具有恒久的价值。

关于哲学的小杂感

1

哲学无非是做两件事:一是思考头上的星空,世界的本相;二是思考心中的道德律,做人的道理。

2

从前的哲学是谈心,现在的哲学是说教。

3

在哲学民族古希腊人那里,哪里有什么哲学界,只有一个个独立的哲学巨人和他们的弟子。

4

有两种想明白:逻辑是小明白,智慧是大明白。

5

一个人倘若不能从思考中汲取大部分的快乐,他算什么哲学家呢?

6

正常人只关注有法可想的事情,哲学家总是关注无法可想的事情,二者的区别即在于此。

7

两千年来哲学的一个迷误是,混淆了灵魂和头脑所寻求的东西。

8

有两类哲学家,一类努力于使复杂的事物变得简单,另一类努力于使简单的事物变得复杂。

9

哲学和宗教的区别在于,宗教在一个确定的信仰中找到了归宿,哲学则始终走在寻找信仰的途中。

10

哲学对政治的影响是缓慢的,但一旦发生影响,就是根本性的。

11

哲学上的独创性,根源在于一个哲学家的独特的内在体验,在于这种体验的力度和深度。如果没有,脑袋再聪明,工作再勤奋,也不过是搜罗更多别人的意见,对之做一番整理和转述罢了。

12

好的哲学和艺术是超越时代的,它们不理睬时代的好坏。无论在好的时代还是坏的时代,都产生过好的哲学和艺术,也都产生过坏的哲学和艺术。凡是埋怨时代不好所以做不出好作品的人,都是坏的哲学家和艺术家,他们即使在好的时代也做不出好作品。

13

哲学和艺术并非不关心时代与政治,但立足点是精神价值,在某种意义上,时代与政治只是他们从事精神性工作的素材之一。

灵魂的品质

1. 如果你感到空虚

有的人始终在物质的层面上追求,无论得到了多少物质,仍然感到空虚,于是更热切地追求,然而空虚依旧,这是怎么回事呢?我想,对于这种情况,也许不可简单地斥为欲壑难填了事。一个可能的情况是,他们不知道空虚的原因,在试图解决时用力用错了方向。其实,空虚是灵魂的感觉,而灵魂的空虚是再多的物质也填补不了的。人人都有一个灵魂,但并非人人都意识到灵魂的存在,而感到空虚恰恰是发现灵魂的一个契机。因此,我的劝告是,你不要逃避空虚,而要直面空虚,从而改变用力的方向,开启精神层面上的追求。否则,你通过追求物质来逃避空虚,既然这空虚是在你的灵魂里,你怎么逃避得了呢。

2. 人类各项基本价值的核心

生命和灵魂是人类各项基本价值的根据,人类的一切好东西都是建立在对它们的珍视上面的,都是在以某种方式尊重和爱护它们。

比如说，幸福在于生命的单纯和灵魂的丰富；道德在于生命互相的同情和灵魂互相的尊重；信仰在于敬畏生命和提升灵魂；法治在于保护生命和灵魂的权利；教育在于生命和灵魂的健康生长；艺术在于生命和灵魂的自由表达。

3. 强健和敏锐

人人都有一个生命和一个灵魂，它们是人身上最宝贵的东西。生命和灵魂强健，对生命和灵魂保持敏锐的感觉，是幸福感和创造力的源泉。

相反的情形：生命衰弱，生命感麻木，谓之萎靡；灵魂衰弱，灵魂感麻木，谓之委琐。

4. 对灵魂的检验

人生中有两种情境最能检验人的灵魂的品质，一是苦难，二是成功。苦难检验人的灵魂的坚强和软弱，坚强的灵魂在巨大的苦难中仍能昂然屹立，软弱的灵魂在寻常的苦难中也会一蹶不振。成功检验人的灵魂的高贵和卑微，高贵的灵魂在伟大的成功中仍能谦和淡定，卑微的灵魂在渺小的成功中也会得意忘形。

5. 远离市场和广场

我厌恶人群聚集的地方，远离市场和广场。在市场上，人是经济动物，在广场上，人是政治动物，二者都使灵魂受到漠视和压迫。

6. 灵魂的亲疏

人与人之间真正的差别在于灵魂,而非职业。我看见有的商人有一颗艺术家的灵魂,有的人干着艺术的活却有一颗商人的灵魂。

我相信存在着灵魂的亲疏关系,一切私人交往的深浅程度由此决定。

灵魂另有来历

1. 投胎的偶然性

灵魂的投胎,有相当的偶然性。孔子,苏格拉底,耶稣,这三位圣哲都是投胎在平常人家。同样,平庸之辈投胎在伟人之家也很普遍,看前二位的子女即可知。这样随机的搭配,造就了真实的人间生活。人类精神血脉的延续另有谱系,与家族无关。

2. 精神的距离

每个人都是一个灵魂,每个灵魂都是独立的——这个观念使我即使对最亲近的人也能保持一种精神的距离,在此距离中,一切冲突都被容忍,一切差异都受到尊重。

3. 灵魂另有来历

灵魂和身体是不可分的,它必须寄寓在一个身体里,而且常常不能支配这个身体的遭遇。灵魂和身体又是可分的,它能够对身体的遭遇做出一种反应，确定一种态度。由一个人的遭遇，我们无法判断他的灵魂，由他对遭遇的反应和态度，我们可以相当准确地做此判断。

所以，灵魂另有来历，在身体的经历中显示。

所以，灵魂对于身体能帮就帮，帮到什么程度是什么程度，但永远要站在身体之上，保持自己的自由。

4. 尊重灵魂的神秘性

鉴于人的灵魂的神秘性，人与人之间的完全沟通是不可能的，因而不同程度的隔膜是必然存在的。既然如此，任何一种交往要能继续下去，就必须是能够包容隔膜的。尊重灵魂的神秘性，不要试图去探视他人心灵里的秘密，这是一切交往的原则，最亲密的交往也不例外。

5. 无人不可缺少

飞机上，离地面一万公尺。我忽然想：宇宙浩渺无际，人类世代更替，我只是沧海一粟。进而想：如果没有我，宇宙和人类依然如故，无人不可缺少。是的，你思考，你写作，你多么珍视你的思考和写作，其实你的灵魂也只是人类精神传承的一个工具罢了。天不生仲尼，也一定会生伯尼，绝不会万古长如夜的。

精神生活

1. 人生道路的两个方面

人生的道路分内外两个方面。外在方面是一个人的外部经历，它是有形的，可以简化为一张履历表，标示出了曾经的职业、地位、荣誉等等。内在方面是一个人的心路历程，它是无形的,生命的感悟,情感的体验，理想的追求，这些都是履历表反映不了的。

我的看法是，尽管如此，内在方面比外在方面重要得多，它是一个人的人生道路的本质部分。我还认为，外在方面往往由命运、时代、环境、机遇决定，自己没有多少选择的主动权，在尽力而为之后，不妨顺其自然，而应该把主要努力投注于自己可以支配的内在方面。

2. 最珍贵的财富

世上有一样东西，比任何别的东西都更忠诚于你，那就是你的经历。你生命中的日子，你在其中遭遇的人和事，你因这些遭遇产生的悲欢、感受和思考，这一切仅仅属于你，不可能转让给任何别人，哪怕是你最亲近的人。这是你最珍贵的财富，而只要你珍惜，也会是你最可靠的财富，无人能够夺走。相反，如果你不珍惜，就会随岁月而流失，在世界任何地方都找不到了。正因为此，我一直主张人人养成写日记的习惯。

相比之下，金钱是最不可靠的财富。金钱毫无忠诚可言，它们没有个性，永远是那副模样，今天在你这里，明天会在别人那里，后天又可能回到你这里。可是，人们热衷于积聚金钱，却轻易挥霍掉仅仅属于自己的经历，这是怎样地本末倒置啊。

3. 外部世界的有限

上天的赐予本来是公平的，每个人天性中都蕴涵着精神需求，在生存需要基本得到满足之后，这种需求理应觉醒，它的满足理应越来越成为主要的目标。那些永远折腾在功利世界上的人，那些从来不谙思考、阅读、独处、艺术欣赏、精神创造等心灵快乐的人，他们是怎样辜负了上天的赐予啊，不管他们多么有钱，他们是度过了怎样贫穷的一生啊。

一个人越是珍视心灵生活，他就越容易发现外部世界的有限，因而能够以从容的心态面对。相反，对于没有内在生活的人来说，外部世界就是一切，难免要生怕错过了什么似的急切追赶了。

4. 唤醒高级欲望

为了抵御世间的诱惑，积极的办法不是压抑低级欲望，而是唤醒、发展和满足高级欲望。我所说的高级欲望指人的精神需要，它也是人性的组成部分。人一旦品尝到和陶醉于更高的快乐，面对形形色色的较低快乐的诱惑就自然有了"定力"。最好的东西你既然已经得到，你对那些次好的东西也就不会特别在乎了。

5. 肚子、脑子和心灵

对于饥饿者，肚子最重要，脑子不得不为肚子服务。吃饱了，肚子最不重要，脑子就应该为心灵工作了。人生在世，首先必须解决生存问题，生存问题基本解决了，精神价值就应该成为主要目标。如果仍盯着肚子以及肚子的延伸，脑子只围着钱财转动，正表明缺少了人之为人的最重要的"器官"——心灵，因此枉为了人。

民族也是如此。其情形当然比个人复杂，因为面对的是全体人民的生存问题，而如何保证其公平的解决，一开始就必须贯穿民主、正义、人权等精神价值的指导。

6. 精神价值的实现方式

俗话说："眼见为实。"在物质事实的领域内，这个标准基本上是成立的，但在精神价值的领域内就完全不适用了。理想，信仰，真理，爱，善，这些精神价值永远不会以一种看得见的形态存在，它们实现的场所只能是人的内心世界。毫无疑问，人的内心有没有信仰，这个差异必定会在外在行为中表现出来。可是，差异的根源却是在内心，正是在这无形之域，有的人生活在光明之中，有的人生活在黑暗之中。

精神性的目标只是一个方向，它的实现方式不是在未来某一天变成可见的现实,而是作为方向体现在每一个当下的行为中。也就是说,它永远不会完全实现,又时刻可以正在实现。

理想主义永远不会远去,它在每一个珍视精神价值的人的心中,这是它在任何时代存在的唯一方式。

7. 学,思,感,悟

孔子说:"学而不思则罔,思而不学则殆。"只学不思会糊涂,只思不学会枯竭,学和思不可偏废。我还想加上两个东西:感和悟也不可缺少。感,是对生命悲欢的感受,悟,是对人生真理的体悟,二者是每个人在亲身经历中的精神收获。在一定的意义上可以说,感是学和思的依据,悟是学和思的目的。如果没有感和悟,学和思都失去了内心的基础,学就成了表面的知识,思就成了抽象的推理。学,思,感,悟,这四者组成了人的精神生活的基本方式。

8. 答某青年

某青年诉说坚持精神追求的痛苦,以凡·高自比,我的回答是:

第一,不要走极端,精神追求并不意味着必须舍弃一切世俗价值。

第二,精神追求本身具有一切世俗价值所不可比拟的快乐,如果你体会不到,又何必要坚持精神追求呢?

也就是说,第一,不要学凡·高一根筋,那样太痛苦;第二,如果你本来不具备凡·高的禀赋,更何必学他。

9. 解读子曰

子曰:"君子坦荡荡,小人长戚戚。"
我的解读:关注真理的心灵坦荡无忧,惦记利益的心灵不得安宁。

10. 人文修养

人文修养包括五个方面:智——科学修养;情——艺术修养;德——道德修养;慧——哲学修养;觉——宗教修养。

关于幸福的思考

1. 超越欲望才有幸福

叔本华说：人受欲望支配，欲望不满足就痛苦，满足了就无聊，人生如同钟摆在痛苦和无聊之间摇摆。他的结论是：根本就不存在幸福这回事。

如果只在欲望层面上找幸福，叔本华的话是对的。欲望意味着匮乏，而匮乏就是痛苦，欲望的满足则意味着欲望的空白，而这就是无聊。比如肉体的欲望，食欲、性欲，不满足是痛苦，满足时顶多有短暂的快乐，然后便是无聊。又比如对金钱的欲望，钱少了是痛苦，钱多了，如果没有更高的目标，就会无聊，然后要去赚更多的钱，但钱再多也填补不了内心的空虚，即使你富裕得成了一个金钟摆，仍逃脱不了在痛苦和无聊之间摇摆的命运。

然而，超越欲望的层面，叔本华的说法就不成立了。精神性质的愿望，其产生不是基于匮乏，而是基于内在的丰富，其满足又会激起更强烈的愿望，因此绝不存在痛苦和无聊的悖论，相反是快乐递进的良性过程。比如说，你渴望知识，喜欢读书，你会因此痛苦吗？当然不会，这类愿望本身就是令人快乐的。然后，你去满足你的愿望,你读了一本好书,读了许多好书,你会因此无聊吗?当然也不会,你只会感到充实。

2. 两种不同的比较

只把物质的快乐视为幸福,只在物质的层面上和人比快乐,这样的人必定永远劳心劳力,无幸福可言。

为什么不做另一种比较呢?凡是真正品尝过精神的快乐的人,把它和物质的快乐做比较,一定都知道,它带来的幸福感远非后者可比。这样的人是不屑于和人比物质的快乐的。

3. 人生的两个简单

人生应该力求两个简单:物质生活的简单;人际关系的简单。有了这两个简单,心灵就拥有了广阔的空间和美好的宁静。

现代人却在两个方面都复杂,物质生活上是财富的无穷追逐,人际关系上是利益的不尽纠葛,两者占满了生活的几乎全部空间,而人世间的大部分烦恼就是源自这两种复杂。

4. 财富和幸福

幸福比财富难,你有很多财富也未必幸福。幸福又比财富易,你有很少财富也可能幸福。

换句话说,得到财富比得到幸福容易,那些不幸福的富人就是证明;得到幸福比得到财富容易,那些不富裕但幸福的人就是证明。

原因在于,幸福无非是生命和心灵的满足,而很少的物质就能使生命满足,再多的物质也不能使心灵满足。

所以,在寻求幸福的道路上,不妨把物质的目标定得低一点儿,从而给精神追求留出空间。

5. 谋财害命别解

恶人的谋财害命,是谋人之财,害人之命,这终究属于少数。今日多的是另一种谋财害命——谋人世的钱财,害自己的性命。其中又有程度的不同。最显著者是谋不义之财,因此埋下祸种,事未发则在恐惧中度日,事发则坐牢乃至真的搭上了性命。但是,这仍然属于少数。最多的情形是,在无止境的物质追求中,牺牲了生命纯真的享受,败坏了生命纯真的品质。这一种谋财害命,因为它的普遍性和隐蔽性,正是我们最应该警觉的。

6. 福禄寿新解

中国人供奉福、禄、寿,我曾恨其庸俗不堪,现在忽然想到,三者恰好概括了人生哲学的三大主题,即幸福、道德、生死。如果用孔孟本人的思想来解释,它们还可以是很高的境界:福是"一箪食,一瓢饮,在陋巷"的颜回之"乐";禄是"仁义忠信,乐善不倦"的"天爵",而非"公卿大夫"的"人爵";寿是精神健康意义上的"仁者"之"寿"。

7. 宗教与幸福的关系

追求幸福会面临两大威胁。一、沉湎于肉体的、物质的快乐,使人堕落,无缘于精神的幸福。二、人世间一切幸福会被死亡一笔勾销。宗教的主题是灵与肉、生与死的关系,就是要解除这两大威胁。

但是,宗教倘若推至极端,用灵否定肉,用死后的不朽否定生,就反而会损害人世间的幸福。

8. 幸福这把尺子太小

那些伟大的灵魂,圣者如佛陀和耶稣,贤哲如苏格拉底和孔子,天才如尼采和凡·高,生前或者贫困终身,或者受尽磨难,如果用世俗的眼光来评估,他们都是很不幸福的。幸福这把尺子太小,衡量不了这些精神伟人的价值。

不过,倘若把幸福定义为人性的伟大,他们又是最幸福的。

9. 积极的超然

真性情之人,不但有诗人的心灵,热爱人生,富于生活情趣,还必须有哲人的胸怀,彻悟人生,能够超然物外。倘若没有后者,人就会受外部事物和外在遭遇的支配,患得患失,生活情趣便荡然无存了。超然未必是消极的出世,反而可以是一种积极的人生态度,你和你的人生保持一个距离,结果是更能欣赏人生的妙趣。

10. 事业和职业

你做一项工作，只是为了谋生，对它并不喜欢，这项工作就只是你的职业。你做一项工作，只是因为喜欢，并不在乎它能否带来利益，这项工作就是你的事业。

最理想的情形是，事业和职业一致，做喜欢的事并能以之谋生。其次好的是，二者分离，业余做喜欢的事。最糟糕的是，根本没有自己真正喜欢做的事。

11. 真兴趣和意义感

看一件事情是不是你的事业，有两个标准。一是真兴趣，你对它真正喜欢，做事情的过程本身就是最大的愉快，因而不再在乎外在的报酬和结果。这说明这个事情是真正适合于你的天赋的，你的最好的能力在其中得到了运用和发展。另一是意义感，通过做这个事情，你感到你的生命意义、人生价值得到了实现。

现在很多人的问题就在这里，他们没有这样的一件事情，于是只好把外在的东西作为标准，什么事情挣钱多、显得风光，社会上大家在争什么，他也朝那里挤。在没头脑的激烈竞争中，输了当然不痛快，但什么叫赢了？总是比上不足，所以心态总是不平衡。

第四辑

时代的反思

无趣的时代

有趣的是，你们会想象不出，这是一个多么无趣的时代。我朝四周看，看见人人都在忙碌，脸上挂着疲惫、贪婪或无奈，眼中没有兴趣的光芒。我看见老人们一脸天真，聚集在公园里做儿童操和跳集体舞，孩子们却满脸沧桑，从早到黑被关在校内外的教室里做无穷的功课。我看见学者们繁忙地出席各种名目的论坛和会议，在会上互选为大师，使这个没有大师的时代有了空前热闹的学术气氛。我看见出版商和媒体亲密联盟，适时制造出一批又一批畅销书，成功地把阅读由个人的爱好转变为大众的狂欢。我看见开发商和官员紧密合作，果断地将历史悠久的古建筑和老街区夷为平地，随后建造起千篇一律的大广场和高楼群。我看见许多有趣的事物正在毁灭，许多无趣的现象正在蔓延。我不得不说，我生活在一个多么无趣的时代。

不过，我相信，对于一百年后的你们来说，凡此种种已变得不可想象。在你们的时代，孩子们会有快乐的童年，大人们会有健全的常识，兴趣而非功利会成为生活的动力。当我在此刻对你们说话时，唯这样的展望使我感到了些微的乐趣。

[附言]

电视栏目《杨澜访谈录》录制六周年特别节目,杨澜来信,替一百年后的人问一个问题:"一百年前的中国是什么样子?"希望把回答整理成一篇三百到五百字左右的文章,用"有趣的是"开头。她表示,所有嘉宾的文章会封存于北京大学图书馆,相约百年后开启,成为2007中国的译码器。文章能否保存百年,百年后有没有人开启,实在渺茫得很,也无所谓得很。不过,借此机会说一说自己的想法,倒不失为有趣的事,我便交了上面这份卷子。

2007.7

再谈无趣的时代

这些年来，即使在历来最讲究"趣"的领域，包括文化、教育、学术、艺术，金钱也成了主宰，兴趣、情趣、趣味越来越没有了容身之地。过去，看见全国各地的餐馆里供着财神爷，我曾经为国人的鄙俗无信仰悲哀，何尝想到这是一个预兆，有一天财神爷会全面得胜，直至登上文化的殿堂，学校、研究所、报社、出版社、工作室里都供起了看不见的财神爷。人们普遍地被卷入利益的征战，受欲望的摆布，生活在无休止的焦虑和空虚之中。此情此景，叫人看了怎么不感到无趣呢。

然而，我并不因此而悲观。我知道，转型是艰难的孕育和分娩，不能要求一个产妇美净若处女。我们的责任是好生护理她，一方面给她充足的营养，使她和她腹中的胎儿尽可能强壮，另一方面清洁她的环境，帮助她防治会危及胎儿的疾病。那么，批评这个时代的种种无趣现象，也可以算我在做后一方面的努力吧。

再者，即使在一个无趣的时代，人仍是可以做有趣的事情的。我始终相信，人不仅仅属于时代。无论时代怎样，没有人必须为了利益而放弃自己的趣味。人生之大趣，第一源自生命，第二源自灵魂。因此，一个人只要热爱生命，善于品味生命固有的乐趣，同时又关注灵魂，善于同人类历史上伟大的灵魂交往，他就在任何时代都可以生活得有趣。这绝不是自我安慰，在我这些年的生活中，亲情和阅读的确占据了最重要的位置，我从前者享受生命的快乐，从后者享受灵魂的快乐。我多么想告诉人们，这些快乐是人人有份的，就看你要不要。倘若人们肯把生命看得比金钱重要，把灵魂看得比物质重要，我们的时代就会变得有趣得多。

2008.11

心平气和看于丹现象

在最近图书市场上,于丹是最耀眼的明星,在有一些人眼里,则是最刺眼的明星。一个昨天还默默无闻的大学教师,一夜之间成了中国最畅销的作者,其作品迅速创下销售数百万册的奇迹,这个现象自然引起了人们的强烈关注和广泛争议。批评的声音相当尖锐,斥为学者的堕落,斥为国学的庸俗化,不一而足。我本人认为,不必这样痛心疾首,不妨把心态放平一些。在我看来,所谓于丹现象有两层含义,一是电视文化媒介向印刷文化领域的胜利进军,二是大众文化传播向传统文化资源的胜利进军。对于其中的得失,需作具体的分析。

众所周知,无论易中天的《品三国》,还是于丹的《心得》,其热销是靠了央视强势媒体之力。倘若不是先有了电视节目"百家讲坛"的高收视率和二位在节目中的走红,就不会有后来的事情。一个耐人寻味的事实是,在走红之前,易中天已在上海文艺出版社出了四本书,但销量都很有限。他原是一个作家型的学者,有才情,文字功夫也好,估计他自己也承认,以前好些文章的水准在《品三国》之上。可是,直到同一家出版社出了电视讲本《品三国》,销行数百万册,才带动前四本书也畅销了起来。一个文笔不错的作者,必须先在电视上展示口才，娱乐观众，然后才能在出版上获得成功，可见电视的威力多么显著地伸展到了书籍出版领域。我是基本不看电视的，因此，直到媒体报道中华书局即将出版《于丹〈论语〉心得》，首印几十万册，我才第一次知道于丹这个名字。当时的感觉是，中华书局疯了。甚至是，中华书局穷疯了。事实证明我的商业眼光远不如似乎一向古板的中华书局。于、易二位作品的热销是一次检阅，证明了电视机前他们的热心观众是一支多么庞大的队伍。

电视和网络越来越成为今天最强势的文化媒介，这个事实对于传统的印刷文化媒介产生了双重冲击。一方面，看电视和上网占据了人们的大量业余时间，导致书籍阅读率急剧下降。另一方面，印刷媒介纷纷向电视和网络看齐，书籍出版走图像化、快餐化的路子。一个便捷的方式是直接把热门电视节目和人物搬上书本，这个过程早就在进行了，区别在于，以前出版的多是热门影视的脚本或娱乐明星的自述，而"百家讲坛"是一个学者、准学者讲文化的节目。娱乐化是电视节目的基本属性，讲文化也不例外，只要有所节制，不对所讲文化造成严重歪曲，就不必多加指摘。有些论者担心，于、易的走红会使学界人心浮动，都想上电视，走这一条快速名利双收的捷径，从此不好好做学问，导致学界的堕落。依我看，这种担心未免可笑。当今学界确有严重的堕落现象，但不在于上电视，而在于腐败，那些热衷于在体制内攫取权钱的所谓学者何尝是在好好做学问。同时，我相信，学界真正的核心力量，那些热爱智性生活的真学者，他们的定力岂是这小小的诱惑动摇得了的。当然，一定会有人怦然心动，跃跃欲试，那就让他们去试好了，只要他们有这方面的才能。在这个传媒时代，知识界发生分流，一小部分干传播比做学问更在行的人去干传播，这很正常。不过，请不要抱着中大彩的动机去干。于、易的一夜暴富诚然是中了大彩,但是,须知公众的热度从来不会持久,媒体必定要不断变换其发行彩票的花样,如同"超女"蹿红一样,电视讲本的热销注定也是短暂的。

出于好奇,我看了于丹两本《心得》的部分章节,觉得她大受普通观众欢迎并非偶然。她的专业是传播学,她的确深谙传播的诀窍,她的种种心得首先是建立在传播学心得的基础上的。人们不由自主会想起《读者文摘》这样的杂志,《花香满径》这样的励志书,奥修这样的心理导师,其间有一种为大众喜闻乐见的共同模式,即简单的小哲理配上感人的或有趣的小故事,而于丹运用起这种模式来真个得心应手。从内容看,她有极明确的定位。当今社会急功近利,人们在充满压力和诱惑的外部世界中拼搏,内心却焦虑而空虚。针对这种现状,于丹的励志讲座紧紧抓住一个中心论点,就是教人们淡薄外在功利,回归内心世界,寻求心灵的快乐和安宁。无论讲《论语》还是《庄子》,她都围绕着这个中心论点,落脚于这个中心论点。她十分了解外部生存给人们造成的心理压力,能够有的放矢,箭箭不虚发,充分发挥了缓解压力和疏导心理的效果。

对于丹的批评集中在她的解读方式上,指责其过于通俗、牵强甚至颇多硬伤,因而会导致国学传播的庸俗化。我的看法是,于丹的讲座与传播国学无关,她讲的不是国学,而是心得,并且不是她对国学的心得,而是她对人生的心得,《论语》《庄子》中的句子只是她讲述心得时使用的资料。有人调侃说:于丹岂不也可以用这种方式来讲《圣经》、佛经等等的心得了吗?当然可以,她所紧紧抓住的淡薄功利、回归心灵这个中心论点,原本就是中外一切贤哲的基本价值观,否则就不叫贤哲了。所以,把这个论点套在无论哪一位贤哲头上,都不会太离谱。那么,于丹的讲述会不会使受众对《论语》《庄子》本身产生误解呢？如果这些热心受众自己不读原著（很可能如此），当然会的，他们会以为《论语》《庄子》就是这个样子。凡是只凭道听途说去了解大师思想的人，误解是必然的。不过，只要他们从于丹那里接受的影响是积极的，产生这一点儿误解没有什么关系，对他们无害，更害不到他们并无兴趣的国学头上。

最后要问：于丹对受众们的影响是积极的吗？我的回答基本是肯定的。在当今这个重功利、轻精神的社会，我们需要提醒心灵生活的有效声音，而从反应的热烈看，于丹的提醒似乎十分有效。我的一点保留是，她过于把心灵生活归结为心灵的快乐了。"《论语》真正的道理，就是告诉大家怎样才能过上我们心灵所需要的那种快乐的生活。"这个断语下得太轻率，遗憾的是，它贯穿于对《论语》《庄子》的全部讲解，谆谆教导人们，对于任何会使心灵不快乐的事情都要看淡和顺应。这就可能把受众引向一心一意做顺民的平庸之路，从而消解我所期待于她的积极影响，乃至发生消极影响。事实上，无论《论语》《庄子》，还是柏拉图、《圣经》、佛经，核心的东西都是世界观，而每一种世界观都有着特殊而深刻的内涵。快乐只是心灵状态，不是世界观，至多是世界观所达致的某一种心灵状态。凡深刻的世界观，所达致的心灵状态绝不仅是快乐，必定还有博大的悲悯，对于社会现实的关系也绝不仅是超脱，必定还有坚定的批判。舍弃掉世界观，把心灵的快乐当作目的本身来追求，就真会把所解读的任何一种伟大哲学稀释为心灵鸡汤了。

2007.4

爱国的平常心

——答《父母》杂志

1. 您认为,我们几千年文化中最值得传承的是什么?

儒家思想中,我最赞赏的是对个人道德修养和操守的重视,把自我完善看作人生最高目标。做一个好人,这本身就是价值,就是目的,至于别人是否知道,会不会表扬你,在社会上能否得到好报,都不重要。另外,儒家看重家庭和亲情,如果剔除了宗法等级观念,在现代生活中也能起好作用。道家思想中,我最赞赏的是对个人精神自由的重视,把自我实现看作人生最高目标。人活在世上,要超脱功利和习俗,活出自己的真性情。在现在这个急功近利的社会里,这尤其可贵。

2. 您认为孩子最应该知道的关于中国的概念是什么?

一个我们祖祖辈辈繁衍和生长的地方,一个生我养我的地方。无论走到哪里,我的身体里总是流着中国人的血。无论到什么时候,我的子子孙孙的身体里永远流着中国人的血。总之,是民族的概念,血缘的概念。这是最本质的东西,这个东西不会变。

3. 您认为孩子最需要知道的历史人物和事件有哪些？（五个以内就好）

孔子（中国主流文化传统的奠基人），庄子（中国最智慧的哲学家），秦始皇（中国历史上影响最深远的政治家），玄奘（中国最认真的学者和信仰者），苏轼（中国最有才情、最可爱的文学家）。

4. 您会通过什么样的方式让自己的孩子了解中国？

阅读和旅行。根据年龄和理解力，推荐合适的古典作品，不让她背诵，而是和她讨论和交流。假期带她去旅游，多走一些地方，不必名山大川，国界之内哪里不是中国。

5. 在日益全球化的今天，强调爱国的意义是什么？

过去我们在大国心态和弱国心态的双重支配下，自大又自卑，排外又媚外，出尽了洋相，也吃够了苦头。今天仍有相当多的青年，一面高喊过激的爱国口号，一面费尽力气要出国定居，这应该怪不当的引导。做人要自爱自尊，作为民族也如此，而自大和自卑都是自尊的反面。两极相通，狭隘民族主义是很容易变成民族虚无主义的。正是在日益全球化的今天，我们更应该，也更有条件用全球的、人类的眼光来看中国，更好地辨别中国文化的精华和糟粕，认识中国的过去、现在和未来，从而建设一个更伟大的中国。在我看来，这才是真正的爱国。

2008.9

中国人的"比赛精神"
——答友人问

1. 好多中国人(包括艺术家和知识分子)在国外媒体上说,奥运会对中国社会是一个"很重要的转折点",因为它会改变中国人的精神状态和思想。你觉得呢?

我不认为奥运有这么神奇的力量,把奥运的作用夸大到这般程度,我觉得挺可笑。中国社会的转折,包括政治和经济体制的改变,人的思想观念和精神状态的改变,是一个长期的艰难的过程。如果举办一次奥运就能使中国社会发生重要转折,中国社会的转折也太容易了。

现在的世界上,无论哪个国家争取主办奥运,主要动机都是国家利益,中国也不例外。奥运的实际意义,对于政府来说是政治,对于参与其事的商人来说是金钱,对于大众来说是娱乐,如此而已。

2. 总的来说,奥运准备工作已经帮助了中国社会变得更开放、自由、文明,还是让政府把社会控制得更严?奥运后会怎么样?

我不了解奥运准备工作的具体情况。一般来说,中国承办大型国际活动,政府会做两方面的努力。一方面,会对民众进行一定的文明礼仪教育,希望民众的表现给国际社会留下良好印象。另一方面,会对可能"闹事"的人员加强控制,杜绝其"闹事"的机会。这两者的目的是一致的,都是为了维护中国的"国际形象"。这些都是常规,是"面子"上的事。

长远来看,中国主办奥运对于中国走向更加开放、自由、文明是有好处的。就像中国加入WTO和一系列国际条约一样,中国承办这类大型国际活动多了,就会促使中国越来越熟悉和遵守世界大家庭的共同游戏规则,而这就意味着中国变得更加开放、自由、文明。

3. 中国人的"比赛精神"非常强,不只在体育方面。为什么成为"第一名"对你们有这么重要?在现在的社会里,什么叫"成功"?

你的问题指出了中国人当今的一个大毛病,就是急功近利。为什么做"第一名"这么重要?因为可以得到巨大利益,可以成为大名人、大明星,可以挣到大钱啊。中国人的"比赛精神"集中在有形的名和利上了,而在无形的领域,对于个人内在的优秀,个人能力的生长和心灵的快乐,则非常缺乏"比赛精神"。这就是问题之所在。

我本人认为,真正的成功是以优秀为前提的,是一个人做自己喜欢做的事并且把它做得最好。因此,我一直主张,应该把优秀作为人生的主要目标,而把外在的成功即名利仅仅看作优秀的副产品,对之持超脱的态度。我经常在我的文章中和讲演中宣传这个观点,但愿会有些作用。

功利的"比赛精神"表现在国际舞台上,就是一种浅薄的民族虚荣心,特别在乎表面或次要事情上的名次,诸如体育之类。这是一种低级的"比赛精神"。什么时候我们正视中国在教育、科学、医疗、环保、自然和文化遗产保护等方面的落后状况，在这些事情上耻于当最后几名，争取当前几名，我们就有高级的"比赛精神"了。

2008.3

知识分子何为？
——《知识分子与中国社会》序

癸巳年端午，以纪念屈原为契机，围绕中国知识分子话题，腾讯文化采访了十余位学者和作家，各抒己见，结集成本书。

近现代以来，屈原身上有两个标签，一是爱国主义志士，二是浪漫主义诗人。对于这两个标签，论者见仁见智。屈原实际的作为，有两点是清楚的。第一，他是楚国贵族和高官，人品高洁，遭谗流放，秦灭楚后忧愤自尽。第二，其作品极具楚人特色，想象瑰丽，情思飘逸，文字恣肆汪洋。屈原与两位大哲是同时代人，孟子和庄子比他年纪大，在世年份有重合，这三人都不曾谈及彼此，但足以引人遐思。我们或许可以说，在屈原身上，既有邹人孟子"富贵不能淫，贫贱不能移，威武不能屈"的道德担当，又有同为楚人的庄子"乘云气，骑日月，而游乎四海之外"的逍遥情怀。在思想派别上，屈原与儒道不相干，然而在不太严格的意义上，我们仍可把他视为儒道互补传统的一个开端，从而用作讨论中国知识分子话题的切入点。

儒道互补是中国士阶层的长久传统。在好的意义上，士阶层中的优秀分子秉持了儒家忧天下、哀民生的社会责任心，也涵养了道家亲自然、轻功利的超脱情怀。在坏的意义上，士阶层中的平庸之辈以儒家为做官的敲门砖，以道家为归隐的安慰剂。不论是何种情形，中国士人的内心都是纠结的。在皇权至上的专制体制下，即使是优秀分子，其社会责任心也被限制在忠君意识的范围内，其超脱情怀也往往成为仕途失意的自我安慰。因此，直到清灭亡，具有独立地位和品格的严格意义上的知识分子群体在中国并未形成。

应该说，中国独立知识分子阶层是在进入近代以后逐渐形成的，是推翻帝制和西风东渐两大因素作用下的产物。其最早的成员，基本上由士阶层中的优秀分子脱胎而来。因为新的价值观的确立，他们的社会责任心得以摆脱忠君意识的束缚，并由民族救亡向文明立国的方向提升，他们的超脱情怀也减弱了自我安慰的色彩，增添了超越性追求的意味。

所以，改革开放以后，中国知识分子实际上面临一个接续传统、重塑独立品格的任务。三十多年来，在新时期的社会舞台上，我们已经看到新一代知识分子活跃的身影，这些活跃的知识分子被称作公共知识分子。在采访中，讨论就集中在对公共知识分子角色的定位上，问题的核心是知识分子在关注公共事务时如何坚持独立的立场，真正发挥知识分子之为知识分子的作用。

作为社会最敏感的成员，乃至作为社会的良知，知识分子关注社会是题中应有之义。当然，关注的方式是可以不同的，对公共事务发声仅是方式之一，是一种直接的方式。在事关国家前途、民族命运、民众苦难的重大问题上，在涉及人权、尊严、公平、正义等价值观的原则问题上，知识分子理应发出自己的声音。这个声音应该是理性的，清醒的，有充分说服力的，可以声情并茂，但不可以情绪化。这是与新媒体上众声喧哗的区别之所在。

事实上，知识分子面向公众发声，包括公共写作、公开演讲、媒体访谈等，是一个极严肃而有难度的工作。要做好这个工作，既要对公共领域的问题有切实的了解和深入的思考,也要在自己的专业领域里有相当的底蕴,并且善于把专业知识转换成深入浅出的语言。唯有如此,才成其为一个学有专攻的知识分子的既内行又能让外行听懂的发声。否则的话,你就可能只是在说一些老生常谈。同时,因为你活跃在公共舞台上,公众就理所当然地要听其言观其行,你必须言行一致,在道德上自律。所以,做一个公共知识分子,意味着社会对你、你也对自己提出了更高的要求。

除了直接的方式,关注社会还可以是间接的方式。无论如何,在知识分子群体中,公共知识分子只占一小部分,多数人不是公共舞台上的活跃人物。不管是因为志向还是性格,有的人宁愿在某个领域里默默耕耘,我们应该尊重他们的选择。当然,对于社会大问题、大趋势仍须有自己的立场,但这个立场未必用公开发声的方式来表达。一个人在所从事的理论研究或文学创作中,必定会体现出自己的精神境界和价值取向。一个潜心于基础理论或重大理论问题研究的学者,他在理论上的建树也许会比公开发声对社会发生更加深远的影响。即使一个醉心于内心体验之奇妙和文字之美的诗人,他也是在为人类精神的丰富性和多样性做出贡献。

真正说到底,知识分子何为?他是要让这个世界变得更美好,让这个社会变得更美好,而他的基本方式是让人变得更美好,他改变的是人的思想和心灵。无论公开发声,还是用著作和作品说话,他要做的都是这件事。质言之,知识分子的职责是守护人类的基本精神价值,努力使社会朝健康的方向发展。

让我们回到屈原。如果我们把屈原用作剖析中国知识分子基因的标本,要反省的也许是儒道传统的缺点。无论儒家以忠君为内核的爱国主义,还是道家靠逍遥求解脱的浪漫主义,都是知识分子独立品格的反面。今天的中国知识分子，既要有人类文明的眼光，又要有现实人生的关切，从而在转型时期真正发挥独立的作用。

2013.10

法治社会与公民幸福

一

近年来,在公共言论中,乃至在政府表态中,幸福一词出现的频率急遽增多了。这个情况表明,由于经济快速增长并未带来幸福感的普遍提高,在相当程度上反而是降低,人们开始对物质至上的生活观和GDP主导的发展观进行反思了。人们开始认识到,无论个人还是国家,都不应把财富当作终极目的,如果要确立一个终极目的,似乎只能是幸福。

亚里士多德早就说过:幸福是人类一切行为的终极目的。他的意思无非是说,人无论作为个体,还是结合为社会,做任何事情归根到底都是为了幸福。因此,一切具体的行为,包括对财富的追求,都不是终极目的,而只是实现幸福的手段,其价值都要根据对幸福的贡献得到评定。

这可以说是公理,无人能反驳,因为尽管人们对幸福的含义有非常不同的理解,但没有人会不想要幸福。困难恰恰在于,如何对幸福的含义寻求一种基本的共识。我们通常用幸福一词指称令人满意的生活,可是,怎样的生活令人满意,却是因人而异、意见纷纭的。

不过，我们仍可透过纷纭的意见发现一条线索，便是对幸福的不同理解实质上是受价值观支配的。因此，不立足于价值观，幸福问题就没法说清楚。我们唯有通过对人生的基本价值做一个分析，才能大致地确定幸福的含义。

当然，价值观同样是一个意见纷纭的领域，若要寻求共识，恐怕就只能依据人性分析了。我们必须承认，人身上是有某些人所共有的最宝贵的东西的，这些东西的价值得到了实现，便可算是幸福。我本人认为，不论怎么分析，最后只能认定，人身上最宝贵的东西一是生命，二是精神。在哲学史上，哲学家们在界定幸福时注重的也是这两样东西，区别只在于，快乐主义更强调生命和精神的快乐，完善主义则更强调精神的完善。

人有两个身份，一是自然之子，二是万物之灵。作为自然之子，人有生命，应该使这个生命合乎自然之道，与自然和谐相处。快乐主义主张享受生命的快乐，但无论是希腊的伊壁鸠鲁，还是中国的庄子，都强调生命保持自然本色才是快乐，不可用物欲去损害它。作为万物之灵，人有精神，应该使各项精神属性得到良好生长，拥有自由的头脑、丰富的心灵和高贵的灵魂。这在完善主义看来，便是实现了做人的完善，在快乐主义看来，便是享受了做人的高级快乐。总之，一个人在生命和精神两方面的品质是好的，他在自己身上就有了幸福的源泉，两方面的状态是好的，他就是一个幸福的人。

这是就个人而言。我相信，不论社会环境怎样，个人在价值观上总能拥有相当的自主权。在多么平庸的时代，仍会有优秀的个体。在多么专制的社会，仍会有自由的灵魂。一个人体会人性之美和品尝做人幸福的权利是任何力量也剥夺不了的。但是，这并不意味着社会对个人的幸福不承担责任。这种责任有两个方面。一是价值观的导向。倘若社会以财富为最高目标，就会形成一种总体氛围，在这种氛围的诱惑和压力下，多数成员在价值选择上必定迷离失措。二是体制的保障。一个社会唯有能够提供一种制度环境，有助于多数成员争取真正属人的幸福，在生命和精神两方面处于好的状态，才是一个好的社会。当然，这样的社会一定是法治社会。

二

对于经济增长并未带来幸福感的提高这个现象，在价值观层面上进行反思是必要的，但远远不够，体制层面上的反思更为重要。如果撇开后一方面，甚至可能产生一种曲解，把财富等同于市场，把幸福感的缺失归咎于市场经济，从而对改革开放发生动摇。事实上，现在这种似是而非的推论并不少见。然而，细究起来，问题恰恰出在市场经济的秩序受到干扰太多，而根源则是法治社会尚未健全地建立起来。

市场经济与法治社会互相依存，同步发展，这既是历史的事实，也是逻辑的必然。和计划经济相配套的是人治，即长官意志，和市场经济相配套的只能是法治，即以保护个人自由为基本原则的法律秩序。从计划经济向市场经济的经济转型若要成功，必有赖于从人治向法治的社会秩序转型也获成功。

从理论上说，法治社会的出发点，就是要寻求一种能够最大限度地保障每个人追求幸福的权利的社会秩序，而这样的秩序可以归结为两个原则。第一个原则是个人自由，即每个人都拥有追求自己心目中的幸福——包括物质利益和精神价值——的权利，只要不损害他人的利益，任何人包括政府不得对其实施强制。由此派生出第二个原则,即规则下的自由,规则的核心则是每个人必须尊重他人的同等权利,如果发生损害他人利益的行为,就要受到强制和惩罚。我把这两个原则通俗地归纳为一句话,叫作:保护利己,惩罚损人。可以想见,在这样的社会秩序中,会形成一种个人积极进取和人与人之间互相尊重的风气,人人都有基本的安全感和尊严感,而这无疑是人们追求幸福的最佳环境。在此意义上,法治社会的确是公民幸福的最好的制度保障。

市场经济与法治社会密不可分,它无非就是体现在经济领域的法治秩序罢了,是个人享有规则下的经济自由。规则分两类:在私人领域,个人的财产权、公平竞争权等受法律保护;在公共领域,个人须承担由法律规定的包括合理纳税和维护公共利益等义务。法律应当在保护私人利益和维护公共利益方面形成比较完善的体系,政府的责任则是切实执行相关的法律。然而,现实的情况颇不令人乐观,人们无法不看到,法治不健全实为公民幸福感缺失的更重要原因。

幸福是人真正拥有和享受属人的价值,过上了高于动物界的真正人的生活。这有两层含义。在低层次上,是生存获得了基本的物质保障,这本身不是幸福,然而是幸福的前提,不得不为生存挣扎的人仍然生活在动物的境遇中,绝无人的幸福可言。在高层次上,是对良好的生活品质和精神品质的追求。一个好的社会,第一要使其成员的生存条件有基本的保障,第二要使其成员的更高追求有适宜的环境。倘若贫富差距悬殊,大量贫困人口被排除在争取幸福的门槛之外,其余人口对幸福的争取又限制重重,就可以断言,这个社会一定是出了毛病。

很显然,问题的症结是政府在经济运作和财政分配中的权力太大，在我们的社会秩序中，仍有太多人治的成分，法治的成分仍相当薄弱。

三

现在幸福一词似乎也受到了来自政府的青睐，一些地方政府还提出了建设"幸福某省""幸福某市"的目标。意识到单一的GDP定向并未使人民感到幸福，因而思变，这当然是一个进步。但是，如果不从体制层面深入反思公民幸福感缺失的原因，所谓幸福建设就会停留在喊口号、做表面文章、搞形象工程上。一个最要弄清的问题是：政府对于公民幸福所承担的责任究竟是什么？

法治社会的根本原则是保护个人追求幸福的自由，防阻强制的发生，这个原则是用法律来确定和体现的，而法律又是由政府来执行的，因此产生了政府掌握强制权力之必要。然而，正因为政府掌握了强制的权力，倘若滥用，就有可能成为侵犯个人自由的最大威胁。因此，在法律比较完备也就是在整体上确实体现了保护个人自由原则的前提下，法治的重点就在于对政府的强制权力进行有效的限制和约束，以防止其侵犯个人自由。

在法治社会中，公民在争取自己的幸福时是有充分的安全感的。因为第一，他的正当权利是法律明确规定并且加以保护的，如果受到来自他人的侵犯，他知道政府一定会维护正义，为他撑腰。第二，政府的权力也是法律明确规定并且加以限制的，他知道自己的正当权利不会受到来自政府的侵犯，如果受到这种侵犯，政府必是输家。正是基于这样的安全感，他才能有信心地安排自己的事务，用自己的方式去寻求幸福。相反，倘若他不知道当他的正当权利受侵犯时政府是否会保护他,甚至不知道是否会受到政府自己的侵犯,始终生活在忧惧之中,哪里还有信心去争取幸福。这正是人治社会的情形。在人治社会里,老百姓的幸福只能寄希望于遇到好政府、好政策、好官,完全是偶然的,一旦腐败盛行,结果必然是普遍的不幸福。

由此可见,在公民幸福的问题上,政府的根本责任是遵守法治社会的规则,一方面保护公民自由使之不受他人的侵犯,另一方面约束自己的权力使之不侵犯公民的自由,如此来为公民争取幸福创造一个良好的环境。体现在经济领域里,则是维护好市场经济的秩序,为个人和企业从事经济活动、展开公平竞争创造良好的环境。质言之,政府的责任不是直接向人们提供幸福,而是保护人们追求幸福的自由。

到目前为止,政府在公民幸福问题上的主要的正面举措是关心民生,为老百姓办一些实事。这当然是好的,但如果停留于此,就没有脱离向老百姓施予幸福的人治的思路,仅是治标之举。唯有推进政治体制改革,使政府回归法治社会中应该扮演的角色,才是治本之策。

2012.2

公民对于法治建设的责任
——推荐密尔《论自由》

我们正在建设法治社会,对于为法治社会奠定理论基础的英国自由主义传统,我们当然应该有所了解。约翰·密尔被誉为英国自由主义的哲学代言人,他的《论自由》是一本特别值得推荐的公民读本。

法治社会是和人治社会相对立而言的。中国两千年来一直是人治社会,长官意志决定一切,个人无自由可言。与之相反,在法治社会中,个人自由是核心价值,社会对于个人的根本责任是要保护个人自由。一方面,每个人拥有追求自己利益的自由,法律保护其不受侵犯。另一方面,每个人须尊重他人的相同自由,若有侵犯必受法律的惩罚。我把这个道理归纳为一句话:保护利己,惩罚损人。

在论证这个道理时,英国传统强调的是个人利益的合理性,以及保护个人利益所达成的有利于全社会的结果。同时,它亦承认民主政治是法治秩序的制度保证。密尔也不例外,但和这个传统中其他哲学家不同的是,相对于个人利益,他更强调个性价值,相对于民主政治,他更强调开明社会。我本人认为,从公民修养和公民对法治建设负有的责任之角度看,他的见解尤其值得重视。

人生在世,诚然要解决吃饭问题,所以法律应该保护人们依据自己的能力解决吃饭问题的权利。不过，在密尔看来，这顶多是保护个人自由的初级理由。个人自由之所以是核心价值，更是因为每个人都是一个独特的精神性存在，其个性和精神能力唯有得到了自由的发展，才是真正作为人在生活，这是人的尊严之所在，也是人生幸福的实质因素。同时，个性发展不但使每个人对于自己更有价值，也使他对于他人更有价值，个体有更多的生命，群体也就有更多的生命，个人的首创性导致了社会的进步。作为相反的例子，密尔提到了中国，说中国的教训就在于个性消灭导致了历史停止。

因此，保护个人自由不能仅限于法律对个人利益的保护，也应包括社会对个性价值的尊重和对各种不同思想、言论、生活方式的宽容。密尔认为，正是这后一方面遭到了忽略。他反复强调："人类若彼此容忍各照自己所认为好的样子去生活，比强迫每人都照其余的人们都认为好的样子去生活，所获是要较多的。""要想给每人本性任何公平发展的机会，最主要的事是容许不同的人过不同的生活。""一个人只要保有一些说得过去的数量的常识和经验，他自己规划其存在的方式总是最好的，不是因为这方式本身算最好，而是因为这是他自己的方式。"

要形成这样一种宽容的社会氛围，根本上要靠公民的觉悟和素质。现实的情况是，人们往往对自己的个性价值也毫不尊重，就更不会懂得尊重他人的个性价值了。即使在仅仅涉及自己的事情上，也不问自己真正想要什么，什么合于我的性格和气质，什么能让我身上最好的能力和品质得到生长，而是以舆论和习俗为行为的准则，看别人都在要什么、做什么，自己也就要什么、做什么。甚至在娱乐的事情上，首先想到的也是迎合时尚。"趣味上的独特性，行为上的怪僻性，是和犯罪一样要竭力避免的。这样下去，由于他们不许随循其本性,结果就没有本性可以随循。"

于是,平庸就成了现代社会占上风的势力,个人消失在人群中了,公众意见统治着世界。密尔富有前瞻性地指出,传媒极大地强化了这个趋势,公众既由传媒代表又受传媒支配,"他们的思考乃是由一些和他们自己很相像的人代他们做的,那些人借一时的刺激,以报纸为工具,向他们发言或者以他们的名义发言。"在传媒主导下,人们读、听、看相同的东西,去相同的地方,希望和恐惧指向相同的对象,拥有相同的权利和手段,在思想和存在的方式上趋于同化。密尔写这本书的时间是1859年,距今已一百五十三年,可是我们会觉得他是在说今天。其实,当年的传媒也只是不多几份报纸罢了,和我们这个网络时代完全没有可比性,而他见微知著,已经敏锐地察觉到了传媒对于公众心灵的巨大消极影响。

这就要说到民主政治的局限性了。民主只是手段,个人自由才是目的。如果把民主理解为少数服从多数,便可能造成多数人侵犯少数人的自由的情形。这就是密尔所警告的"多数的暴政"。他指出,这种社会暴政比政治专制更可怕,因为它无微不至,奴役到灵魂本身,社会把得势的观念当作准则强加于持不同意见的人,迫使一切人按其模型来剪裁自己,阻止了不同个性的形成和发展。

要防止"多数的暴政",就必须对民主的范围有所限制。对于坚持非主流见解和生活方式的少数人,只要其行为不损害他人利益,社会不可以多数的名义予以压制乃至迫害。这实质上无非是把法律对个人自由的保护贯彻到思想、言论、生活方式的领域罢了。无论是政府,还是公众,对少数人的压制都是不合法的。当然,在这方面,法律的作用是有限的,因为法律管不了舆论的不宽容。所以,真正要形成舆论宽容的开明社会,仍要靠公民素质的提高。正如密尔所说:

"从长远看来,国家的价值归根结底还在组成它的全体个人的价值。"这句话点明了每个公民对于建设法治社会负有的终极责任。

2012.10

不让任何人有隐身术

柏拉图在《理想国》中对正义的探讨十分有趣。苏格拉底认为，正义本身就是好东西，正义者从正义本身就能得到精神的快乐。柏拉图当然是拥护他的老师的，但是，我们看到，在他的笔下，苏格拉底的见解被好几个人讥为迂腐，其中格老孔的反驳非常有力。

格老孔讲了一个故事。有一个牧羊人捡到一枚宝石戒指，可以使他隐身，他就靠隐身术勾引了王后，杀掉了国王，霸占了王国。格老孔指出，即使一个所谓正义的人捡到了这枚戒指，一定也会胡作非为，与不正义的人没有什么两样。他得出结论说，如果可以为所欲为而不受法律的惩罚，世界上就不会有正义的人。

格老孔的推论有一个前提：利己是人的本能，如果不受约束，就必然膨胀，从而走向损人。这一点大约无人会反对。但是，有人也许会说，约束的方式未必是法律，也可以是道德。苏格拉底就是这么看的，强调为正义本身的价值坚持正义。中国的圣人孔子也是这么看的，所以他说："君子喻于义，小人喻于利。"意思也是君子为正义本身的价值坚持正义，而小人只受利己本能的支配。在这里，孔子好像把人断然分为两类：正义的君子和利己的小人。但他又说过："唯上智下愚不移也。"可见他也承认，绝对的君子和绝对的小人都是极少数，大多数人是中间状态，可以变好也可以变坏。那么，至少对于大多数人来说，法律的约束是必要的。

我们不妨想象一下，如果人人都有隐身术，会是一个什么情形。毫无悬念，一定是天下大乱。坏人不必说，自然是无恶不作。处在中间状态的人，也一定挡不住诱惑，有了隐身术仍然做君子，不去勾引王后和美女，这样的男人恐怕不多。就算你是一个好人，要坚守正义，不去侵犯别人，可是，你的财产遭掠夺，你的妻女遭蹂躏，久而久之，你的正义还能坚守下去吗？在这种人人自危的情况下，为了自身的安全，只有一个办法，就是订立契约，大家都放弃隐身术。格老孔——以及近代哲学家霍布斯——就是这样来论证立法的起源的：人人为了不受他人伤害而承诺自己不伤害他人。所以，格老孔说，在利己本能的支配下，最好是干坏事而不受惩罚，最坏是受了害而无能报复，而所谓正义就是最好与最坏之间的折中。

然而，人人放弃隐身术其实也是理想状态，在人类早期并未真正存在过。历史上长期存在的情形是，极少数人有隐身术，掌握着不受约束和监督的权力，可以为所欲为而不受惩罚，从而使没有隐身术的大多数人毫无安全感，却又无能为力。今天的中国，在相当程度上仍未摆脱这种状态。所以，我们必须为建立法治社会而努力。什么叫法治？就是不让任何人有隐身术，权力在法律的约束下公开透明地运作。唯有如此，才能造就一个人人有安全感的社会环境。

2013.3

网络时代的反思

如果根据传播媒介定义今天的时代,网络时代无疑是最确切的名称。互联网业已覆盖人类生活的几乎一切领域,在政治、经济、文化乃至人们的日常生活中发生越来越重要的作用。互联网的积极作用有目共睹,其中包括极大地提高了公众的话语权,促进了政治的民主化。但是,它的弊端也暴露多多,应该引起重视和加以反思。美国记者安德鲁·基恩2007年出版的《网民的狂欢》(中译本2010年1月由南海出版公司出版)就是这样一本反思之作,反思的重点是互联网对文化的不良影响。

在作者看来,网络民主的最大弊端是业余者取代专家主宰了今日文化。T. H. 赫胥黎曾经戏言:倘若给猴子提供足够多的打字机,总有一天猴子可以敲出《莎士比亚全集》。作者认为,这一戏言在今天已成现实,无数台联网的电脑就是足够多的打字机,而网民就是猴子。其实,网民们在电脑上随机敲出《莎士比亚全集》的概率微乎其微,我觉得作者真正担忧的是,在网民狂欢的时代,《莎士比亚全集》不再有人阅读了。这基本上是事实。以维基百科为例,任何人都可以在这个网上写条目,所写内容无人编辑和审核,却已成为全球网民了解新闻和信息的第三大来源,超过了CNN(美国有线电视新闻网）和BBC（英国广播公司），其浏览量在全球网站中占第十七位。相反，有一百名诺贝尔奖获得者和四千名专家助阵的大英百科全书网，其浏览量只占第五千一百二十八位。网络的逻辑是点击率至上，致使多数人的偏好战胜了真理，带给人们的是外行的一知半解和支离破碎的文化。用户自由生成的内容成为主流，知识精英靠边站，其结果必然会威胁人类的核心文化传统。

网络对文化的威胁不止于此。因为复制和粘贴的方便，导致剽窃泛滥。网络上盗版猖獗，免费下载盛行，更使得独立书店、传统报纸和杂志、音乐和影像制作者的利益受到损害，市场趋于萎缩。这一切都严重地侵犯了知识产权，破坏了保护个人创作的传统。网络的策略是利用盗版和免费下载聚集人气，以此吸引广告商向网络转移。以谷歌为例，这家全球最大的网络公司不创造任何文化产品，只是把网络信息彼此链接起来，便在市场上大获成功，而其99%的收入都来自广告。

《纽约客》曾经刊登一幅漫画：两只狗并排坐在一台电脑前，其中一只把爪子放在键盘上正准备敲击，另一只惊奇地看着它。这只被看的狗解释说："在网上没人知道你是一只狗。"是的，没人知道你是谁，这种匿名上网又缺乏监管的状况，给了网上撒谎、造谣、诽谤乃至诈骗以可乘之机。我们还可以加上网络暴力，施暴者正是凭借匿名身份才敢于肆无忌惮地对猎物展开追杀。

博客使人人都成为写手并拥有或多或少读者，作者对此也颇有非议，他把博客世界形容为杂货铺，批评其充斥着文字垃圾。人们纷纷在博客上公开自己的私生活和隐秘心思，作者指出这是混淆了公共领域和私人空间的界限。

在世界各地，最沉迷于网络的是年轻人，网络游戏、网络赌博、色情网站等对年轻一代造成极大的危害，网瘾使其中许多人成为虚拟世界的奴隶，丧失了真实生活的能力。

作者在列数了互联网的种种弊端之后，谈到了解决方案。他寄希望于法律，包括反盗版维权、建立网络实名制、健全未成年人保护法等。他提不出更好的办法，对此我很能理解。网络的潮流不可阻挡，也不应该阻挡，恐怕只能用法律来遏制其最突出的弊端，尽量把它纳入健康发展的轨道。

如果把本书与美国文化传播学家波兹曼的《娱乐至死》做比较，其理论深度显然不足。波兹曼对电视文化的娱乐化、平庸化本质的分析可谓入木三分，网络文化在娱乐化、平庸化的道路上走得更远，而作者在这方面的分析却基本上停留在现象的层面上。我认为，本书的主要价值在于指出了问题，敲响了警钟，提醒我们对网络文化做更深刻的反思。

2010.11

在全球视野中看文化

本次论坛的主题是"全球视野中的中国文化",在全球视野中看文化,这是一个好的角度。这个全球视野,我认为不只是关于世界上发生的事情的信息,更重要的是一种开阔的全人类的眼光和胸怀,它要求我们弱化民族意识,强化人性意识和人类意识。你是一个中国人,但首先是一个人,是人类之一员,在看文化的时候,首先要问的是这个东西好不好,而非是谁的出品,只要是好东西,就情不自禁地喜欢和接纳。这其实就是一种平常心,一种健康的精神本能。长期以来,我们对全球视野是陌生的,习惯于相反的角度——在民族视野中看中西文化,做优劣的比较,强调中国文化是好东西,实际上谈的不是文化,而是政治,并且是狭隘的政治。现在中国作为一个经济大国在世界上崛起,这增强了我们的民族自信,但真正的民族自信应该是一种开放的心态。

我认为应该破除文化输出和输入的观念,提倡文化融合的观念。有一个统一的世界文化宝库,凡是能够进入这个宝库的东西,本质上没有国别,属于全人类,也属于每一个人。无论东西方文化,最好的东西必定是共通的,是属于全人类的。那些仅仅属于一个民族的东西,即使是好东西,也只能算次好。正确的态度是,前者可以共享，后者可以欣赏。我学西方哲学，真心觉得从苏格拉底、柏拉图到康德、尼采的思想财富也是属于我的，并不因为我是中国人就不能享受它们。雅斯贝尔斯指出，人类历史上有四大精神伟人，即孔子、苏格拉底、佛陀、耶稣，他们思想的共同内涵是揭示了人类的基本境况，阐明了人类的基本使命。他肯定了孔子的世界性意义，但我想这个意义不在于向世界推广儒家文化，建多少个孔子学院。我们应该让世界各民族共享中华民族的最好的文化，但要有恰当的方式，并且注重真实的效果。当年林语堂的一本英文著作《吾国与吾民》在传播中华文化上效果卓著，在我看来远超过这么多孔子学院。我们今天应该多几个林语堂，通晓中西文化，以平和的态度向世界讲述中华文化的精华。

我还想强调一点：学人之长，补己之短，不但不会损害己之所长，相反能够激活和发扬己之所长。尤其当己之所短严重地阻碍了己之所长的时候，情形更是这样。一个最典型的例子是，中国儒家文化的核心是道德，我们历来以礼仪之邦自豪，可是今天的明显事实是国人的道德素质堪忧，从官员的严重腐败，到普通人在公共场合的缺乏教养，皆有目共睹。原因何在？因为道德不是一个孤立的东西，必须有两个东西来辅佐它，一是要用法治来强化道德的他律，二是要用信仰来强化道德的自律，我相信，在这两方面学西方之长，补我们之短，儒家的道德文化才能重新发扬光大。

关于中国文化的未来发展，我只想指出一点：今天的教育状况将决定明天的文化状况，今天我们培养出什么样的人，明天中国就会有什么样的文化。从全球视野看，现在知识、技术、传播手段、生活方式的更新极其迅速，最需要独立思考和创新的能力，而我们的以应试、急功近利和行政主导为特征的教育体制是培养这种能力的严重障碍。因此,教育必须改革,否则中国文化的发展也是堪忧。

(本文为 12 月 31 日在联合国电视中文台举办的中华文化资本论坛上的发言)

2014.12

车风和人品

我是一个对汽车品牌极其迟钝的人，永远分不清奔驰、宝马、法拉利。我只在一件事上敏感，就是驾车的作风，我能据此敏锐地察知驾车人的品行。

我曾经也驾车，因为无法矫正的深度近视，荒废已久。我主要是作为一个行人来感受各异的车风的。车窗玻璃有色且反光，行人基本上看不清车里的司机，但体量相对庞大的汽车把人的性格和品行放大了许多倍，使我仿佛能够清晰地想象出车内人的模样。

人的性格有动静急慢之分，会在驾车时显现，皆无可指摘。我留心的是司机对行人的态度。相对于行人，手执重器的驾车人处于强势地位，而行人是陌生人，无法识别和记住驾车人，正是在这种场合，最能反映出一个人的真实人品和教养。

人的高贵在于灵魂。灵魂高贵的人因为懂得做人的尊严，一定也是尊重他人的。相反，依仗权财而不尊重他人，正暴露了不知灵魂为何物，于是只能用权财来给自己和他人估价。

下雨，路面积水，我在窄巷行走。一辆车快速驶过，溅我一身水。我对自己说：车里坐着一个没有灵魂的家伙。另一辆车减速，小心翼翼驶过我身旁。我对自己说：车里坐着一个灵魂高贵的人。

常常遇到这样的情况：过马路，一辆左转弯的车冲到你跟前，使劲按喇叭；或者，马路没有过完，绿灯变红灯，横向的车流立即逼近你，喇叭齐鸣。

倘若一辆豪车冲着我狂按喇叭，切断我的去路，我的感觉是一个西装革履的暴徒在我面前大叫大嚷，拦路抢劫。

观察一国文明程度的最佳地点是马路，车风是国民素质的集中体现。什么时候，我们这里也像欧美发达国家那样，汽车自觉避让行人，马路上少有喇叭声，我就为自己是中国人而自豪了。

2012.6

第五辑

醒客的世界

青春期的阅读

青春期是人生最美妙的时期。恋爱是青春期最美妙的事情。我说的恋爱是广义的，不只是对异性的憧憬和眷恋，更未必是某个男生与某个女生之间的卿卿我我。荷尔蒙所酿造的心酒是那么浓郁，醉意常在，万物飘香。随着春心萌动，少男少女对世界和人生都是一种恋爱的心情，眼中的一切都闪放着诱人的光芒。在这样的心情中，一个人倘若有幸发现了一个书的世界，就有了青春期最美妙的恋爱——青春期的阅读。

回想起来，我的青春期的最重大事件是对书的迷恋，这使我终身受益。从中学开始，我的课余时间都是在阅览室里度过的，看的多半是课外书。阅览室的墙上贴着高尔基的语录："我扑在书籍上，就像饥饿的人扑在面包上一样。"当时真是觉得，这句话无比贴切地表达了我的心情。现在想，觉得不够贴切了，因为它只表达了读书的饥渴感，没有表达出那种如痴如醉的精神上的幸福感。

青春期的阅读真正具有恋爱的性质，那样纯洁而痴迷。书的世界里，一本本尚未翻开的书，犹如一张张陌生女郎的谜样面影，引人遐想，招人赏析。每翻开一本新书，心中期待的是一次新的奇遇，一场新的销魂。人的一生中，以后再不会有如此纯洁而痴迷的阅读了，成年人的阅读几乎不可避免地被功利、事务、疲劳损害。但是，一个人在青春期是否有过这种充满激情的阅读经验，这一点至关重要，其深远的影响必定会在后来的人生中显示出来。青春期是精神生长的关键期，也是养成阅读习惯的关键期，二者之间有着内在的联系。通过青春期的阅读，一个人真正发现的是人类的一个丰富多彩的精神生活世界，品尝到了在这个世界里漫游的快乐。从此以后，这个世界在他的人生地图上就有了牢不可破的位置，会不断地向他发出召唤。相反，有些人在学生时代只把力气用在功课和考试上，毫无自主阅读的兴趣，那结果是什么，你们看一看那些走出校门后不再读书的人就知道了。

学习是一辈子的事情。事实上，在我迄今所读的书中，当学生时读的只占很小一部分，绝大部分是在走出校门后读的。我相信，其他爱读书的人一定也是如此。我还相信，他们基本上也是在年少时代为一辈子的读书打下了基础。这个基础，一是产生了强烈而持久的阅读兴趣，二是形成了自己的阅读眼光和品位。

看一个学生的心智素质好不好，我就看他是否具备了两种能力，一是快乐学习的能力，二是自主学习的能力。简言之，就是喜欢学习和善于自学。这样的能力，一方面诚然也可以体现在功课上，比如探索出一套有效的方法，能够比较轻松地对付考试。但是，另一方面，我认为更重要的是体现在课外阅读上，课外阅读是学生个性和禀赋自由发展的主要空间，素质优秀的学生一定不会舍弃这个空间的。我由此得出了一个衡量学生素质的简明尺度，就是看课外阅读在他的全部学习中所占的比重有多大。我坚信，一个爱读书、会读书的学生，即使功课稍差，他将来的作为定能超过那种功课全优但毫无自主阅读兴趣的学生。同样，衡量一所学校的教育水准，我也要看是否有浓厚的阅读风气,爱读书、会读书的学生占的比重有多大。如果只是会考试,升名校率高,为此搭进了学生们的全部时间和精力,那不能算是好学校,一个恰当的名称叫应试能校。

2011.7

站在巨人的肩膀上

自古至今，人类历史上诞生了为数不多的大师。我说为数不多，是指相对数字，两千多年里，世代更替，总有千亿生灵来人间走一趟了吧，而倘若世界历史级别的大师仅数以百计，所占的比例就是极其微小的了。我说的大师，是指那些伟大的头脑和灵魂，他们的领域也许不同，分别是哲学家、文学艺术家、科学家、宗教家等等，但都对人类思想和文化做出了独特的贡献，具有广泛而深远的影响。他们的著作代表了人类精神所达到的高度，构成了人类精神宝库的核心部分，是人类最重要的精神财富。这些财富属于每一个人，可是，唯有去读大师们的书，你才能把它们变成真正属于你的财富。

人们常说站在巨人的肩膀上，依我看，读大师的书是站在巨人肩膀上的最方便法子。事实上，每一位大师正是站在前辈大师的肩膀上，才成为大师的。当然，我们多半成不了大师，而只是来人间走一趟的千亿卑微生灵之一员。但是，人的高贵在于拥有思考真的头脑，体验美的心灵，追求善的灵魂，在大师们的熏陶下，我们知道了人可以达到的高度，人生有了精神目标，卑微者就能成为人性意义上的高贵者。

2014.9

幸福的醒客

《醒客悦读文库》从西方人文经典译著中选择比较轻松易读的文本,按照作者分册出版。这套丛书的宗旨是"经典文本,轻松阅读",颇合我读书的旨趣,我曾为之作序。现在,第一批十八种已出,第二批也即出,我很乐意做进一步的推荐。

丛书名"醒客悦读"的英文是 Thinker Readings,把 Thinker(思想者)译作"醒客",是音义两恰的妙译。听说最早把 Thinker 译为"醒客"的是我的朋友萧瀚,万圣书屋还用作了咖啡座的名称。我尝戏言:我来给你们写一篇《醒客宣言》,号召"全世界醒客联合起来"。当然,这只是戏言。思想者是安静的,何至于闹这么大的动静。思想者也寻求同道,但不是靠呐喊。在庄严的图书馆里,在夜读者的灯光下,在超越时空的灵魂相遇中,醒客的联合一直在进行着,未尝有过间断。

中国的屈原,希腊的赫拉克利特,都早已把思想者喻为醒着的人,而把不思想的人喻为昏睡或烂醉之徒。众人皆醉,唯我独醒,这诚然是痛苦的。但是,做一个醒客,自有其清醒中的幸福。英国哲学家约翰·穆勒有言:幸福与满足是两回事,不满足的人比满足的猪幸福,不满足的苏格拉底比满足的傻瓜幸福。人和猪的区别就在于,人有灵魂,猪没有灵魂。苏格拉底和傻瓜的区别就在于,苏格拉底的灵魂醒着，傻瓜的灵魂昏睡着。灵魂生活开始于不满足。不满足什么？不满足于像动物那样活着。正是在这不满足之中，人展开了对意义的寻求，创造了丰富的精神世界。那么，何以见得不满足的人比满足的猪幸福呢？穆勒说，因为前者的快乐品质更高，内容更丰富，但唯有兼知两者的人才能做出判断。也就是说，如果你是一头满足的猪，跟你说了也白说。我不是骂任何人，因为我相信，每个人身上都藏着一个不满足的苏格拉底。

人为万物之灵，灵就灵在人能思想。在上天赋予人的诸般能力中，最特别、最宝贵的就是思想的能力。赫拉克利特说："思想是最大的优点。"这其实是绝大多数哲学家的共识。在巴门尼德笔下，太阳车载着思想者行进在光明大道上，而不思想者则始终停留在黑暗之中。亚里士多德视沉思活动为完美的幸福，因为它最为自足，不依赖于外部条件，就此而论最接近神的活动。帕斯卡尔把人譬作一支会思想的芦苇，人纵然是脆弱的生命，却因思想而区别于其他一切生命。笛卡儿干脆说："我思故我在。"我们或许可以引申说，一个人唯有充分运用了上天赋予的思想能力，才是真正作为人而存在。爱因斯坦把独立思考的能力称作"大自然不可多得的恩赐"，人因此而获得了内在的自由，能够不受权力、社会偏见以及未经审视的常规和习惯的支配。质言之，思想是人之为人的高级属性，思想的快乐是享受人的高级属性的快乐。一个人一旦深尝到这种快乐，再也改不掉思想的习惯，他就成了一个思想者，从此以后，他在自己身上就有了一个永不枯竭的快乐源泉。

在醒客的快乐中，一项莫大的快乐是阅读人文经典。人类精神始终在追求某些永恒的价值，这种追求已经形成为一个伟大的传统，而人文经典则是这个传统的主要载体。人文经典是一座圣殿，它就在我们身边，一切时代的思想者正在那里聚会，我们只要走进去，就能聆听到他们的嘉言隽语。就最深层的精神生活而言，时代的区别并不重要，无论是两千年前的先贤，还是近百年来的今贤，都同样古老，也都同样年轻。每一部经典作品都扎根在人类精神生活的至深土壤之中，正因为如此，所以能够在不同时代的个人的心灵中抽出新芽。卡尔维诺列举经典作品的特征，有两点最为精辟：一部经典作品是一本每次重读都像初读那样带来发现的书；一部经典作品是一本即使初读也好像是在重温的书。阅读经典之妙趣，正在于发现和重温的双重喜悦。

思想离不开传统。置身于传统之外，没有人能够成为思想者。做一个思想者，意味着以自己的方式参与到人类精神传统中去，成为其中积极的一员。对于每一个个体来说，这个传统一开始是外在于他的，他必须去把它"占为己有"，而阅读经典便是"占为己有"的最基本的途径。

这么说来，阅读经典是成为一个真正的醒客的必由之路了。不过，走在这条路上，未必总是艰难跋涉，也完全可以轻松漫步。林语堂曾经戏言：大师带学生往往不是在课堂上，而是在沙龙里，抽着大烟斗闲聊，烟雾缭绕中就把学生熏陶出来了。现在这套丛书正像是一个沙龙，让你听大师们聊天，并且逐渐加入他们的聊天，在快乐阅读中成为一个幸福的醒客。

阅读经典，就是在今天成为一个醒客，就是今天的醒客与历史上那些伟大的醒客对话。这时候你会发现，其实你并不孤独，存在着一个醒客的世界，这个世界超越于历史的变迁和人间的喧哗而长存，把一切时代的思想者联结成一个整体。我祝愿你走进这个世界，与伟大的醒客们为伍，尽兴品尝思想的快乐。

2007.11

让百科全书走近我们的孩子

海南出版社历时十一年，完成了一个规模宏大的文化工程，出版二十卷《世界百科全书》国际中文版。

中国的百科全书出版起步很晚，如果不算古代的类书和近代的辞书，也就二十多年的历史。1978年，我考上高考恢复后的第一届研究生，时任中国社会科学院研究生院党委书记的温济泽先生给我们做报告，列数中国社会科学的落后状况，举了一个典型的例子：两万人口的小国圣马力诺出版了几十卷的百科全书，要与我国交换，而我们只拿出了一本《新华字典》。在那以后，我们诚然出版了《中国大百科全书》，但是，我本人认为，我们在编写百科全书方面的能力还相当有限，一个明显的事实是，由于缺乏权威性、完整性、准确性和及时更新的时效性，学者中很少有人把已出的这套我们自己编写的百科全书当作可靠的工具书来使用。因此，最好的办法是先把世界上已有定评的权威性百科全书引进来。在这方面，我们仅翻译、出版了《简明不列颠百科全书》和《不列颠百科全书》，应该说仍存在着巨大空缺，全球销量最大的《世界百科全书》便是其中之一。现在，海南出版社填补了这个空缺，我认为是中国百科全书出版史上的一件大事。

《世界百科全书》的独特价值是举世公认的,《不列颠百科全书》列有专门条目进行介绍,称之为一部成功的少年百科全书。它的读者定位十分明确,主要针对中小学课程学习和课外阅读的需要而编写。我大致翻阅了一下,觉得它的确紧紧围绕着这个定位下功夫,具有以下鲜明特色。其一,在条目设计上,既顾及百科全书作为完整知识系统之本义,取材全面,涵盖各个学科的基本知识,又重点突出,着重帮助青少年了解世界,因此地理、历史、国际政治等内容占据了最多篇幅。其二,文字深入浅出,每一条目的叙述注意控制词汇量,力求让最可能查阅该条目的年龄段的读者都能读懂。其三,每个主要条目附有相关条目一览和思考题,便于深入学习。其四,便是众口交赞的大量精美插图和地图了。当然,除了上述特殊的优点之外,这部书还具备一部优秀而成熟的百科全书的共同优点,就是准确、权威、最新,通过逐年修订,使其内容既千锤百炼,又与时俱进。我注意到,书中对"9·11"恐怖袭击、本·拉登、塔利班等都列有专门条目,并作了恰当的陈述。可以说,这套书是青少年素质教育的良师益友。

《世界百科全书》是美国家庭的常备书,自1917年问世以来,伴随了好几代美国人的成长。当今美国的许多知名人物,包括比尔·盖茨、沃伦·巴菲特、克林顿等人,都曾谈到,他们是读着这套书长大的,是通过这套书发现他们的世界的。我期待这个良师益友也能够走进中国的许多家庭,走进中国中小学的许多教室,最好是每个教室里都放一套,让老师和学生随时可以查阅。我期待有一天,我们的许多成功人士也能够说,自己是读着百科全书长大的,是通过百科全书发现自己的世界的,而不是只有狭隘的民族观念和职业技能。不过,从目前的情况看,这个可能性很小,因为在这个良师益友和我们的学生之间还隔着一个巨大的障碍，就是今天的应试教育。为了应付考试，学生们不得不做大量作业，读许多垃圾教辅书，上名目繁多的垃圾补习班，哪里还有时间来翻阅百科全书。买一套百科全书诚然要花不少钱，可是，如果我们的家长们把替孩子买各种教辅书、报各种补习班的钱省下来，其实足够买这样一套书了，而这才是真正有益的教育投资。当然，为了让多数家长能够这样做，就必须改变我们今天的应试教育体制。所以，我估计，这一部好书的销售命运是与中国教育改革的命运紧密联系在一起的，在很大程度上将取决于中国能否尽早形成一个好的教育环境。

在百科全书的出版史上，出版商从来是重要的角色。最近读到一本有趣的书，书名叫《启蒙运动的生意》，是写18世纪法国启蒙运动时期《百科全书》的生产和传播过程的。其中谈到，在当年，哲学家的思想传播和出版商的商业运作之间有一种双赢的关系，此书一出，哲学家名声大振，出版商也赚了大钱。我祝愿海南出版社也有这样的好运气，既为中国孩子的素质教育做了贡献，又能够获得应有的经济效益。

2007.5

我的好书观

我心目中的好书有以下特点：

第一，读了以后，会使我产生强烈的冲动，自己也想写点什么，哪怕所写的东西表面上与这本书似乎毫无关系。它给我的是一种氛围，一种心境，使我仿佛置身于一种合宜的气候里，心中潜藏的种子因此发芽破土了。

第二，一本好书会唤醒我的血缘本能，使我辨认出我的家族渊源。书籍世界里是存在亲族谱系的，同谱系中的佼佼者既让我引以为豪，也刺激起了我的竞争欲望，使我也想为家族争光。

第三，遥远谱系中的好书不会使我产生仿效和竞争的欲望，但会使我感到欣赏的愉悦，就像欣赏一种陌生的异国风光。

第四，有分量的好书往往使人的精神发生变化，在多数情况下是继续生长，变得茁壮和丰盈，在少数情况下是摧毁然后重建。

第五，卡尔维诺列举经典作品的特征，有两点最为精辟：一部经典作品是一本每次重读都像初读那样带来发现的书；一部经典作品是一本即使初读也好像是在重温的书。可以用这两个尺度来鉴定那些最好的好书，即伟大的书。

2007.12

一个可爱的老人
——读周有光《拾贝集》

在高楼林立的北京,在一栋没有电梯的普通居民楼里,有一间小小的书室。书室仅九平方米,只有一扇朝北的小窗,终年不见阳光,一顶大书架、一张小书桌、一个沙发占满了全部空间。在这间陋室里,二十余年如一日,一个可爱的老人过着简单而又充实的生活。

周有光今年一百零六岁。虽说"人生七十古来稀"的标准早已过时,但百岁仍是绝大多数人可望而不可即的目标,而超过百岁就必须说是奇迹了。周老对此幽默地说:是上帝糊涂把我忘掉了。更大的奇迹是,在这样的高龄,他依然头脑敏锐,思维清晰,求知若渴,活力四射,其生命和精神状态之好,是许多年轻人也望尘莫及的。他每天读书看报,关心天下大事,分析时代现象,有了心得,便记录成文。有趣的是,这位"汉语拼音之父"在耄耋之年学会了电脑,他的作品都是在电脑上用他自己创建的汉语拼音敲出来的。于是,在《朝闻道集》后不久,我们又读到了这本新的结集《拾贝集》。

作为杂文、笔记、访谈的合集,本书内容广泛,可圈可点之处甚多。在这篇推荐语中,我想着重提示两方面的内容。

其一是对以往经历和现在生活状态的自述,我们从中可以领略周老的人生智慧。他经历了清朝、北洋政府、国民党政府、新中国四个时期,坦言百年间诸多风浪,最漫长、最艰难的是八年抗战和十年"文革"。可是,听他回忆他认为最苦的"文革"时期,我们有时仍会忍俊不禁。比如在"五七干校",他和林汉达奉命夜守高粱地,两个语言学家便躺在土岗上讨论起了"未亡人""遗孀""寡妇"这几个词的区别,还就这个话题开起了玩笑。"我们谈话声音越来越响,好像对着一万株高粱在讲演。"读到这里,我心想,知识分子而能纯粹是多么可爱啊。周老叙述现在生活状态的口吻是平静而喜悦的。人家说他的书室太小,他说:"够了,心宽室自大,室小心乃宽。"他谈读书的快乐,说他是一个终身自学者,而"学然后知不足,老然后觉无知,这是老来读书的快乐"。物质生活上简单,精神生活上丰富,这是周老的人生观,我相信也是他不求而得的长寿秘诀之一。

其二是对全球化时代文化的见识,我们从中可以领略周老的全人类眼光。针对"三十年河西,三十年河东"东西方文化轮流坐庄之论,他指出:在全球化时代,世界各地传统文化包括东西方文化并非孤立不变的,而是相互接触和吸收,其中有普遍价值的部分融入国际现代文化,同时各地传统文化依旧存在,但要不断自我完善。准此,全球化时代是"国际现代文化和地区传统文化的双文化时代"。这个"双文化论"真是举重若轻,把学界长期纠缠的东西方文化之争一下子说清楚了,一下子解决了。他还进一步指出:作为地球村的村民,我们要进行自我教育,学习地球村的交通规则,成为世界公民,这才是真正的"入世"。比如民主这个东西,不是一个国家的创造,而是自古至今人类政治智慧的产物,因此不是什么人要不要的问题。这些见解通情达理,在今天却仍是振聋发聩的,出自一位既饱经沧桑又生机勃勃、既睿智又勇敢的老人之口,宜乎哉。

2012.4

中国最有灵魂的作家

我简要地说一说我心目中铁生的价值，这个价值归结为一句话就是：他是中国当代最有灵魂的作家。我从一种相当普遍的说法谈起。铁生爱想问题，作品有精神深度，这好像是大家都承认的。他何以能如此？常常听人说，是因为残疾，他被困在轮椅上，除了想问题做不了别的了。这样解读铁生实在太肤浅了。我要问一句：中国残疾人多的是，像他这样想问题的还有谁？再补充问一句：不残疾而像他想得这么深的又还有谁？可见事情的实质和残疾不残疾无关。

铁生双腿残疾，后来还双肾衰竭，他有一个太糟糕的身体。然而，无论见其人，还是读其文，我相信人们都会有一个感觉：铁生的生命真是太健康了。健康的生命，第一，元气充沛，富有活力，单纯，开朗；第二，善于同感，富有同情心，平等，善良。铁生就是这样，身体的疾患没有给他的生命带来一丝悲苦和阴郁，这样的一个生命，岂不正因为身体的疾患而更证明了它的超级健康？

由此可见，肉体和生命是两回事。这个与肉体有别的生命，我称之为内在生命，通常的名称叫灵魂。我想说的是，铁生之所以是铁生，如果要找原因，乃是因为他有一个品质极好的灵魂，而这很可能是上天给的。这个灵魂投进某个凡胎，来到人世间历练，不管那个凡胎的体质和遭遇如何，它的卓越品质是一定会显现出来的。

当然，人人都有一个灵魂，但是，人与人之间灵魂的强度是有区别的。铁生有一个强大的灵魂。灵魂强大的征兆是什么？是灵魂中的困惑和为之寻求解答的勇气。一个灵魂来到人世间，处在灵与肉、生与死、爱与孤独、自我与世界、沉沦与超越的矛盾之中，怎么会没有困惑呢。有灵魂者必有问题。人类的一切精神活动，包括哲学、宗教、文学，说到底都是要在人的基本困境中寻求拯救之道。

铁生去世前不久，在我参与的一次访谈中，铁生说："写作是要解决自己的问题。开始写作时往往带有模仿的意思，等你写到一定程度了，你就是在解决自己的问题。"写作是在解决自己的问题，这是铁生的写作生活的一个本质特征。这意味着，对于他来说，写作与灵魂生活是完全合一的。大多数作家是没有自己的问题的，写作与灵魂生活不搭界，因此一辈子处在模仿阶段，一辈子是一个习作者。

铁生爱想问题，想得很深，他想的是人生的大问题。他想这些问题，残疾只是一个触因，他很快就超越一己的遭遇而悟到了人生的根本困境，在形而上的层面上对之进行思考。一个人能够真切地把人类共同的问题完完全全感受为他自己的问题，这确证了灵魂的强大。在中国当代作家中，铁生的那种无师自通的哲学悟性，那种浑然天成的宗教情怀，几乎是一个例外。

我在这里谈的是铁生作品的精神价值。关于文学价值，那是另一个话题，我仅提示两点，可以借用他强调并且实践的两个概念来概括。一是印象，文学是写印象的，不是写记忆的，他以此使文学的根基从外在生活回归为丰富的内在生活的真实。二是务虚，文学是务虚的，不是务实的，他以此使文学的使命从反映现实回归为广阔的可能世界的研究。这两点都是对长久以来占据统治地位的现实主义理论的颠覆。他的识见正暗合现代哲学从实在论向现象学的转折,以及现代文学艺术中的相应趋势。多么草根的铁生,其实又是多么现代。

最后,我想说出一个我自己真心认为,但无须别人赞同的看法:铁生是中国当代唯一可以称作伟大的作家,他代表了也大大提升了中国当代文学的高度。倘若没有铁生,中国当代文学将是另一种面貌,会有重大缺陷。在这个灵魂缺席的时代,我们有铁生,我们真幸运!

(本文为1月4日在中国作协"史铁生文学创作研讨会"上的发言)

2012.1

以西方科学传统为镜

陈方正的《继承与叛逆——现代科学为何出现于西方》(三联书店 2009)是一部研究西方科学史的重要著作,在我看来,其重要的程度,在迄今为止中国学者所写的同类著作中,当居榜首。如同副题所示,该书的宗旨是欲寻求"现代科学为何出现于西方"这个重大问题的答案,因而是一种以问题为核心的科学史研究,作者循此对前人的相关著述做了艰深的梳理和考究,而结论则隐含在该书的正题中。这个结论便是,现代科学是奠基于古希腊的西方科学大传统("继承")经历了牛顿革命("叛逆")后的产物。

长期以来,国人关注的问题是:中国科技为何在近代以降落后于西方?对于这个问题,李约瑟的观点具有广泛影响。李约瑟用皇皇巨著《中国科学技术史》证明了中国古代拥有辉煌的科学技术成就,由此得出一种认识:从公元前 1 世纪到公元 15 世纪,中国科技领先于西方,只是到了文艺复兴之后,西方科学才超过中国,原因则应求诸资本主义兴起、社会制度差异等外部因素。作者对李约瑟的这个"中国科技长期优胜论"提出了严重的质疑。他首先改变了问题的提法,"中国科技为何在近代以降落后于西方"这个提法包含了从时代变迁中寻找原因的思路,相反,"现代科学为何出现于西方"这个提法则提示了从西方本身的传统中寻找原因的思路,使得问题的实质豁然开朗。

本书中论述古希腊科学传统的篇章是最富有启发性的,西方科学的源头和现代科学之所以诞生于西方的秘密皆在于此种传统。作者指出,由毕达哥拉斯教派与柏拉图学园的融合而形成了古希腊科学传统,其特征有二。其一,永生追求(宗教)与宇宙奥秘探索(科学)密切结合,圣哲往往兼为宗教家和科学家。这个特征在西方科学此后的发展中仍发生着作用,直到17世纪,追求永生的宗教精神和探索宇宙奥秘的科学精神仍是推动开普勒、牛顿等科学巨人从事具体科学研究的基本动力。其二,在上述精神的主导下,产生了以严格论证为基础的数理科学,而日后的现代科学正是以这种重视理性探究的数理科学为终极基础的。相比较而言,世界其他古代文明的数学皆侧重实用型计算,大异其趣。总之,现代科学之所以在西方出现,完全是得益于这个以探索宇宙奥秘为目标、以追求严格证明的数学为基础的西方科学大传统。

在解答了这个根本问题之后,再回头来看中国科技为何在近代落后的问题,就可迎刃而解了。中国没有这个大传统,中国古代的圣哲大多与科学无关,中国古代的数学偏于实用,宇宙探索则偏于笼统,二者是分家的,中西科学的真正分水岭即在于此。

本书作者做的是西方科学史研究的文章,实际上也是以西方科学传统为镜,对中国文化传统做了深刻的反省。我本人认为,正因为此,本书对于一般地关心中西文化问题的读者也极具价值。事实上,中国科技的落后不是一个孤立的现象,我们在哲学、人文学科、社会科学等领域同样是落后的,因此,从整体上反省中国文化传统的缺陷,从而寻求变革的方向,是每一个有思想的中国人的责任。

2009.11

性情中的"哲学大使"
——《从石库门走出的驻德大使》序

卢秋田先生从事外交工作半个世纪,先后出任驻卢森堡、罗马尼亚、德国大使,是中华人民共和国的一位资深外交官。可是,在我眼中,他首先是一个智者,一个性情中人。

我和卢大使相识于八年前,那时他已从驻德大使任上退下,在担任中国外交学会会长。第一次见面,是他主动约请我,只因为喜欢我的书。望着眼前这位外交界的大人物,听着他说每次出差都把我的书带在身边,我心中惊讶又感动。我心想:这么一个公务繁忙又见过许多大世面的人,怎么会有"闲心"来读我写的"闲书"呢?

接下来的交谈更使我惊讶了,但也似乎解答了我心中的疑问。他问我:"你的思想有时也很出格,是否遇到过麻烦?"我说:"基本上没有,因为我关注的是精神层面的问题。"他点头称是,总结道:"你的成功,一是因为这个原因,二是因为你没有野心,不想当官,与人没有利害冲突。"又说:"你的作品受欢迎,一是靠你的文字,用文学表达哲学,二是你谈的是人人都面临的问题。"他还问我:"你这样成功,在单位不被人嫉妒吗?"我笑答:"这是难免的,不过我不在乎。"从这简单的交谈中,我知道他有知人之明,对我的理解非同一般,对世态人情也有相当的洞察。

后来接触多了，他在我眼中的形象不再是一位官员，每次见面，真正是好朋友、老朋友相聚的感觉。他当然是一位出色的官员，一位出色的外交家，处理外交事务游刃有余，那么，我相信，在公共舞台上，他的个人魅力也发挥了重要作用。他有人情味，待人诚恳，喜交也善交朋友，这样的性情是一定给他的外交工作加分的，使他的朋友遍天下，其中既有普通人，也有政府首脑。他身上还有一种书卷气，一种儒雅的学者风度，我不只是指外表，更是指内在的气质。我喜欢听他谈话，他说话语速不快，真个是娓娓而谈。他的谈话，第一是理性的，思路十分清晰，有条不紊，善于归纳和总结，第二也是情感的，回忆十分生动，谈往事和见闻栩栩如生，善于抓住有趣的细节。由这些私下的谈话，我能想见他在外交场合的娴熟的谈判艺术，也能想见他在演讲时的风采。据说听他的演讲，全场时而肃静，时而爆笑，我对此丝毫不觉得意外。

卢大使自述，他在少年时就对宇宙和生命的奥秘充满好奇，喜读天文学、生物学、哲学、宗教书籍，渴望找到谜底。当外交官之后，他对哲学的兴趣并不稍减，因此在外交界获得了一个"哲学大使"的美称。据我亲见，他的确是一个葆有童心、充满好奇心的人，每次相聚，我们的话题会不由自主地落在哲学上，谈一些宇宙和人生的大问题。有一次，谈及生死，我引了一句德国谚语：Das Leben ist ein Mal kein Mal（人生只有一次等于一次也没有）。他熟知这句谚语，感慨不已。还有一次，谈及性爱，他引了一句德国谚语：Sex ohne Liebe ist normal, Liebe ohne Sex ist unnormal（无爱的性是常规，无性的爱是例外）。我初闻这句谚语，叹为精准。酒逢知己，微醉中谈玄论道，实在是人生一大快事。

用哲学的眼光看世事，一个人就能够保持平和的心态，卢大使就是这样。在本书"作别德国"一节中,记录了他卸任驻德大使时在使馆的一段讲话,讲得真好,我建议读者认真地读一读。讲话的中心意思就是保持平和的心态,为此"要看透,不要看破",要看透的一是人在宇宙中的位置何其渺小,二是人在历史中的位置连一段插曲也谈不上,三是在人生中做官是一时,做人是一生。他讲的正是一种哲学的人生态度。

  本书是一位资深外交官的传记,然而,我们读到的不只是一些外交事件和花絮的回顾,更是一个活生生的人的丰富有趣的人生经历。这首先得益于传主自身就是这样一个活生生的人,充满生活的情趣,而且有极好的记忆力和口述能力。同时,请汪洋来写这本传记,也是找对了人,她把纪实性和文学性结合得很好,写出的是一部引人入胜的文学作品。

2014.6

做学问与做人
——《人间学术》序

复旦大学出版社出版"三十年集"系列丛书,专收改革开放初入学的本科生、研究生的个人著述选本,邀我加盟,我欣然从命。

所约定的体例是,三十年里,基本上一年选一篇,最多两篇。我觉得这是一个有趣的约定,使我得以逐年重温自己的作品,像自己做评委一样把它们评审了一番。因为是一套学者的丛书,我就注意选比较有学术含量的作品,如果当年没有,就退而求其次,算是准学术作品吧。选定以后看,二者差不多半分天下,足以证明我最多是半个学者,另一半就难逃不务正业之讥了。

我不是没有自我解嘲的理由。我的理由是,从事人文研究是可以有不同的方式的。比如说,其一,学者的方式,严格地做学问,讲究规范和方法,注重材料的发现、整理和解释;其二,才子的方式,潇洒地玩学问,讲究趣味和风格,用文字展露机智和才情;其三,思想者的方式,通过学问求真理或信仰,注重精神上的关切。我的感觉是,学者的方式可信,才子的方式可爱,思想者的方式可敬。这三种方式,我们在以往学者中都可以找到其代表人物,而我眼中最好的学者则兼具三者,我对他们是既信服,又喜爱,同时还尊敬的。

当然,我绝非这样的最好的学者,但我愿意学他们的精神。他们的精神是什么？就是智、情、魂兼修，把真、美、善打通，努力做一个头脑认真、情感丰富、灵魂高贵的人。人的天赋有高低，而这个目标都是可以追求的。说到底，做学问也是在做人，与做人脱节的学问为我所不取。我曾写过一段有冷嘲之嫌的话："当我们围绕某一个主题读书和写作时，我们便称之为学术。我们的主题越是固定不变，以至于不再读与这个主题无关的书和不再写与这个主题无关的文章，我们就越是纯粹的学者。"我做不了这种纯粹的学者，实在是天性使然。

我于1978年9月入读研究生，从那之后，三十年来，研究的方向从苏联哲学、马克思哲学转到尼采哲学，然后写起了所谓哲理散文，重在思考中国社会转型时期的人生困惑和精神生活问题，近些年又关注信仰和法治的建立，批评中国教育和学术的腐败，所选文章大致反映了这样一个脉络。这些东西算学术吗？我不知道，无以名之，就美其名曰"人间学术"吧。

2010.11

第六辑 教育的理念

教育的七条箴言

何为教育？教育究竟何为？教育中最重要的原则是什么？古今中外的优秀头脑对此进行了许多思考，发表了许多言论。我发现，关于教育的最中肯、最精彩的话往往出自哲学家之口。专门的教育家和教育学家，倘若不同时拥有洞察人性的智慧，说出的话便容易局限于经验，或拘泥于心理学的细节，显得肤浅、琐细和平庸。现在我把我最欣赏的教育理念列举出来，共七点，不妨称之为教育的七条箴言。它们的确具有箴言的特征：直指事物的本质，既简明如神谕，又朴素如常识。可叹的是，人们迷失在事物的假象之中，宁愿相信各种艰深复杂的谬误，忘掉了简单的常识。然而，依然朴实的心灵一定会感到，这些箴言多么切中今日教育的弊病，我们的教育多么需要回到常识，回到教育之为教育的最基本的道理。

第一条箴言：教育即生长，生长就是目的，在生长之外别无目的。

这个论点由卢梭提出，而后杜威作了进一步阐发。"教育即生长"言简意赅地道出了教育的本义，就是要使每个人的天性和与生俱来的能力得到健康生长，而不是把外面的东西例如知识灌输进一个容器。苏格拉底早已指出，求知是每个人灵魂里固有的能力，当时的智者宣称他们能把灵魂里原本没有的知识灌输到灵魂里去，苏格拉底嘲笑道，好像他们能把视力放进瞎子的眼睛里去似的。懂得了"教育即生长"的道理，我们也就清楚了教育应该做什么事。比如说，智育是要发展好奇心和理性思考的能力，而不是灌输知识，德育是要鼓励崇高的精神追求，而不是灌输规范，美育是要培育丰富的灵魂，而不是灌输技艺。

"生长就是目的，在生长之外别无目的"，这是特别反对用狭隘的功利尺度衡量教育的。人们即使似乎承认了"教育即生长"，也一定要给生长设定一个外部的目的，比如将来适应社会、谋求职业、做出成就之类，仿佛不朝着这类目的努力，生长就没有了任何价值似的。用功利目标规范生长，结果必然是压制生长，实际上仍是否定了"教育即生长"。生长本身没有价值吗？一个天性得到健康发展的人难道不是既优秀又幸福的吗？就算用功利尺度——广阔的而非狭隘的——衡量，这样的人在社会上不是更有希望获得真正意义的成功吗？而从整个社会的状况来看，正如罗素所指出的，一个由本性优秀的男女所组成的社会，肯定会比相反的情形好得多。

第二条箴言：儿童不是尚未长成的大人，儿童期有其自身的内在价值。

用外部功利目的规范教育，无视生长本身的价值，一个最直接、最有害的结果就是否定儿童期的内在价值。把儿童看作"一个未来的存在"，一个尚未长成的大人，在"长大成人"之前似乎无甚价值，而教育的唯一目标是使儿童为未来的成人生活做好准备，这种错误观念由来已久，流传极广。"长大成人"的提法本身就荒唐透顶，仿佛在长大之前儿童不是人似的！蒙台梭利首先明确地批判这种观念，在确定儿童的人格价值的基础上建立了他的儿童教育理论。杜威也指出，儿童期生活有其内在的品质和意义，不可把它当作人生中一个未成熟阶段，只想让它快快地过去。

人生的各个阶段皆有其自身不可取代的价值，没有一个阶段仅仅是另一个阶段的准备。尤其儿童期，原是身心生长最重要的阶段，也应是人生中最幸福的时光，教育所能成就的最大功德是给孩子一个幸福而有意义的童年，以此为他们幸福而有意义的一生创造良好的基础。然而，今天的普遍情形是，整个成人世界纷纷把自己渺小的功利目标强加给孩子，驱赶他们到功利战场上拼搏。我担心，在他们未来的人生中，在若干年后的社会上，童年价值被野蛮剥夺的恶果不知会以怎样可怕的方式显现出来。

第三条箴言：教育的目的是让学生摆脱现实的奴役，而非适应现实。

这是西塞罗的名言。今天的情形恰好相反，教育正在全力做一件事，就是以适应现实为目标塑造学生。人在社会上生活，当然有适应现实的必要，但这不该是教育的主要目的。蒙田说：学习不是为了适应外界，而是为了丰富自己。孔子也主张，学习是"为己"而非"为人"的事情。古往今来的哲人都强调，学习是为了发展个人内在的精神能力，从而在外部现实面前获得自由。当然，这只是一种内在自由，但是，正是凭借这种内在自由，这种独立人格和独立思考能力，那些优秀的灵魂和头脑对于改变人类社会的现实发生了伟大的作用。教育就应该为促进内在自由、产生优秀的灵魂和头脑创造条件。如果只是适应现实，要教育做什么！

第四条箴言：最重要的教育原则是不要爱惜时间，要浪费时间。

这句话出自卢梭之口，由我们今天的许多耳朵听来，简直是谬论。然而，卢梭自有他的道理。如果说教育即生长，那么，教育的使命就应该是为生长提供最好的环境。什么是最好的环境？第一是自由时间，第二是好的老师。在希腊文中，学校一词的意思就是闲暇。在希腊人看来，学生必须有充裕的时间体验和沉思，才能自由地发展其心智能力。卢梭为其惊世骇俗之论辩护说："误用光阴比虚掷光阴损失更大，教育错了的儿童比未受教育的儿童离智慧更远。"今天许多家长和老师唯恐孩子虚度光阴，驱迫着他们做无穷的功课，不给他们留出一点儿玩耍的时间，自以为这就是尽了做家长和老师的责任。卢梭却问你：什么叫虚度？快乐不算什么吗？整日跳跑不算什么吗？如果满足天性的要求就算虚度，那就让他们虚度好了。

到了大学阶段，自由时间就更重要了。依我之见，可以没有好老师，不可没有自由时间。说到底，一切教育都是自我教育，一切学习都是自学。就精神能力的生长而言，更是如此。我赞成约翰·亨利的看法：对于受过基础教育的聪明学生来说，大学里不妨既无老师也不考试，任他们在图书馆里自由地涉猎。我要和萧伯纳一起叹息：全世界的书架上摆满了精神的美味佳肴，可是学生们却被迫去啃那些毫无营养的乏味的教科书。

第五条箴言：忘记了课堂上所学的一切，剩下的才是教育。

我最早在爱因斯坦的文章中看到这句话，是他未指名引用的一句俏皮话。随后我发现，它很可能脱胎于怀特海的一段论述，大意是：抛开了教科书和听课笔记，忘记了为考试背的细节，剩下的东西才有价值。

知识的细节是很容易忘记的，一旦需要它们，又是很容易在书中查到的。所以，把精力放在记住知识的细节，既吃力又无价值。假定你把课堂上所学的这些东西全忘记了，如果结果是什么也没有剩下，那就意味着你是白受了教育。

那个应该剩下的配称为教育的东西，用怀特海的话说，就是完全渗透入你的身心的原理，一种智力活动的习惯，一种充满学问和想象力的生活方式，用爱因斯坦的话说，就是独立思考和判断的总体能力。按照我的理解，通俗地说，一个人从此成了不可救药的思想者、学者，不管今后从事什么职业，再也改不掉学习、思考、研究的习惯和爱好了，方可承认他是受过了大学教育。

第六条箴言：大学应是大师云集之地，让青年在大师的熏陶下生长。

教育的真谛不是传授知识，而是培育智力活动的习惯、独立思考的能力等等，这些智力上的素质显然是不可像知识那样传授的，培育的唯一途径是受具有这样素质的人——不妨笼统地称之为大师——的熏陶。大师在两个地方，一是在图书馆的书架上，另一便是在大学里，大学应该是活着的大师云集的地方。正如怀特海所说：大学存在的理由是，拥有一批充满想象力地探索知识的学者，使学生在智力发展上受其影响，在成熟的智慧和追求生命的热情之间架起桥梁，否则大学就不必存在。

林语堂有一个更形象的说法：理想大学应是一班不凡人格的吃饭所，这里碰见一位牛顿，那里碰见一位佛罗特，东屋住了一位罗素，西屋住了一位拉斯基，前院是惠定宇的书房，后院是戴东原的住房。他强调："吃饭所"不是比方，这些大师除吃饭外，对学校绝无义务，学校送薪俸请他们住在校园里,使学生得以与其交游接触,受其熏陶。比如牛津、剑桥的大教授,抽着烟斗闲谈人生和学问,学生的素质就这样被烟熏了出来。

今天的大学争相标榜所谓世界一流大学,还拟订了种种硬指标。其实,事情本来很简单:最硬的指标是教师,一个大学拥有一批心灵高贵、头脑智慧的一流学者,它就是一流大学。否则,校舍再大,楼房再气派,设备再先进,全都白搭。

第七条箴言:教师应该把学生看作目的而不是手段。

这是罗素为正确的师生关系规定的原则。他指出,一个理想教师的必备品质是爱他的学生,而爱的可靠征兆就是具有博大的父母本能,如同父母感觉到自己的孩子是目的一样,感觉到学生是目的。他强调:教师爱学生应该甚于爱国家和教会。针对今日的情况,我要补充一句:更应该甚于爱金钱和名利。今日一些教师恰恰是以名利为唯一目的,明目张胆地把学生当作获取名利的手段。

教师个人是否爱学生,取决于这个教师的品德。要使学校中多数教师把学生看作目的而不是手段,则必须建立以学生为目的的教育体制。把学生当作手段的行径之所以大量得逞,重要原因是教师权力过大,手握决定学生升级毕业之大权。所以,我赞同爱因斯坦的建议:给教师使用强制措施的权力应该尽可能少,使学生对其尊敬的唯一来源是他的人性和理智品质。与此相应,便是扩大学生尤其研究生的权利,在教学大纲许可的范围内,可以自由选择老师和课程,可以改换门庭,另就高明。考核教师也应主要看其是否得到学生的爱戴,而非是否得到行政部门的青睐。像现在这样,教师有本事活动到大笔科研经费,就有多招学生的权利,就有让学生替自己打工的权力,否则就受气,甚至被剥夺带学生的权利,在这种体制下,焉有学生不沦为手段之理。

2007.3

守护人性
——《周国平论教育》序

我不在教育界工作,更不是教育家,怎么也来谈教育了呢?可是,在今天,目睹弊端丛生的教育现状,哪个有责任心的中国人不在为教育忧思?身受弊端的危害,哪个心力交瘁的家长不在把教育埋怨?那么,我也和大家一样,只是以一个公民的身份发表一些感想罢了。

当然,既然我是学哲学的,当我思考教育问题时,就一定会把这个专业背景带进来。我在哲学上做的工作,大量的是对人生问题的思考。不过,我相信,人生问题和教育问题是相通的,做人和教人在根本上是一致的,人生中最值得追求的东西,也就是教育上最应该让学生得到的东西。我的这个信念,构成了我思考教育问题的基本立足点。

人生的价值,可用两个词来代表,一是幸福,二是优秀。优秀,就是人之为人的精神禀赋发育良好,成为人性意义上的真正的人。幸福,最重要的成分也是精神上的享受,因而是以优秀为前提的。由此可见,二者皆取决于人性的健康生长和全面发展,而教育的使命即在于此。

不错,这只是常识而已。唯因如此,真正可惊的是,今天的教育已经多么严重地违背了常识。一种教育倘若完全不把人性放在眼里，只把应试和谋生树为目标，使受教育者的头脑中充满死记硬背的知识，心中充满谋生的焦虑，对于人之为人的精神性的幸福越来越陌生，距离人性意义上的优秀越来越遥远，我们的确有权问一下：这还是教育吗？

有智者说：经济决定今天，政治决定明天，教育决定未来。此言极是，因此，最令人担忧的是今天教育的久远后果，一代代新人经由这种教育走上了社会，他们的精神素质将决定未来中国数十年乃至上百年的精神水准和社会面貌。让教育回归人性，已是刻不容缓之事，拖延下去，只会愈加积重难返，今后纠正起来更加事倍功半。

无论个人、民族，还是人类，衡量其脱离动物界程度的尺子都是人性的高度，而非物质财富。个人的优秀，归根到底是人性的优秀。民族的伟大，归根到底是人性的伟大。人类的进步，归根到底是人性的进步。人性是"由无数世代苦心积累的神圣不可侵犯的庙堂珍宝"（尼采语），守护这一份珍宝，为之增添新的宝藏，是人类一切文化事业的终极使命，也是教育的终极使命。

据我所见，凡大哲学家都十分重视教育，他们致力于人性和人类精神的提升，而唯有凭借正确的教育，这个事业才有成功的希望。我一直想系统地研习大师们的教育著述，不做完这项工作，我知道自己对教育是说不出真正有分量的话的。我一定会做这项工作的，请假我以时日。现在这个集子，只是汇编了我迄今为止与教育有关的文字，我自己并不满意，但暂时只好如此。我相信，在针对今天教育发出的众多清醒的声音之中，我的加入多少也能起一点儿积极的作用。

2009.5

传承高贵
——《周国平论教育：传承高贵》序

华东师范大学出版社于2009年7月出版《周国平论教育》一书，迄今已五年。现在该书再版，出版方嘱我把其后关于教育的文字也整理出来，另出一册，两册书的副题分别为《守护人性》和《传承高贵》。守护人性，传承高贵——这两个短句概括了我对教育之使命的认识。在前一册的序里，我已对"守护人性"做了阐释，这里着重阐释"传承高贵"的含义。

关于教育的使命，可以有种种不同的表述。但是，在我看来，无论怎么表述，出发点都应该是对人类生活和个人生活的目标的定位。在谈教育之前，我们首先要确定，对于人类和个人来说，怎样的生活状态是值得追求的。做这个判断当然不是根据某种抽象的理想，因为我们已经拥有几千年的人类文明史，而对某个值得追求的目标的不懈追求是这部文明史中的事实。人类历史上曾经产生过一些伟大人物，不论他们属于哪个民族，共同的目标是人性的进步，使人性中的高贵成分得到发展，使人类臻于美好和完善。借用《圣经》中的比喻，上帝是按照自己的形象造人的，那么，在自己身上守护上帝的形象，让人的精神性得到印证，便是人的职责。这就是高贵，而高贵是一种精神血脉的传承，教育的使命——使命中的本质部分

——即在其中。

天生万物,唯独人有能思考真理的头脑,能感受美和崇高的心灵,能追求至善和永恒的灵魂,因为这些精神性的品质,人才成其为万物之灵。为了生存和发展,人需要改变外部世界,从事物质生产,因此积累了实用性的知识。在教育中,知识的学习是一个必要部分。然而,如果脱离人类精神性品质的传承,只是传授实用性知识,这样的教育就是把人引向与万物之灵相反的方向,使之成为万物中平庸的一员,至多是生存技能高超的一个动物罢了,因而不配称作教育,只配称作谋生训练。真正的教育理应使人在知识面前保持头脑的自由,在功利世界面前保持心灵的丰富,在物质力量面前保持灵魂的高贵。

这就对学校和教师提出了很高的要求。我们总是在考核学生,英国哲学家怀特海说得好:首先应该考核的不是学生,而是学校。要在学生心中传承高贵,必须让他们经常目睹高贵,因此一所学校必须拥有相当数量的教师,他们身上真正体现了高贵。他们的作用,一是作为高贵的榜样,对学生发生潜移默化的熏陶,二是在教学中善于把知识的传授和文化的传播结合起来。教师自己应该是一个有文化底蕴的人,不论他教什么课,都能把文化底蕴带入所传授的知识中。事实上,一个没有文化底蕴的教师,他讲课一定是单调刻板的,在知识的传授上也是效果甚差。在这方面,学生是最公正的裁判,他们本能地喜爱有激情和想象力的老师,讨厌照本宣科的教书匠。你自己充满对精神事物的热情,才能在学生身上点燃同样的热情。

有两个传承高贵的圣殿,一是优秀教师的课堂,二是摆满大师作品的图书馆。那些伟大的书籍记录了人类精神追求的传统,通过阅读它们,你就进入了这个传统。所以,一所好的学校,第一要有一批好的教师，第二要给学生留出自由时间，鼓励和引导高质量的课外阅读。其实这两点是互相联系的，一批好教师往往能带出良好的阅读风气，而唯应试是务的学校就必然剥夺学生的自由时间。对于学生来说，后一种情况是灾难，这种灾难在今天已呈普遍之势。倘若有聪明的学生来问我怎么办，我只能说，没有人能够真正阻止你去读那些伟大的书籍，而你一旦从中领悟了高贵的魅力和价值，就会明白一切代价都是值得付出的。

2014.6

神圣的好奇心

天生万物,人只是其中一物,使人区别于万物的是理性。动物唯求生存,而理性不只是生存的工具,它要求得比生存更多。当理性面对未知时,会产生探究的冲动,要把未知变成知,这就是好奇心。好奇心是理性觉醒和活跃的征兆。在好奇心的推动下,人类仰观天象,俯察地理,思考宇宙,探索万物,于是有了哲学和科学。动物匍匐在尘土之中,好奇心把人类从尘土中超拔出来,成为万物之灵。

也许,正是在这个意义上,爱因斯坦把好奇心称为"神圣的好奇心"。

好奇心是人的最重要的智力禀赋之一。做父母的都会发现,孩子在幼儿期皆有强烈的好奇心,对事物充满探问的兴趣。我设想,倘若人人能把幼儿期的好奇心保持到成年,世界上会有多少聪明的大脑啊。

然而,这几乎是不可能的。如同爱因斯坦所说,"神圣的好奇心"是一株脆弱的嫩苗,它是很容易夭折的。不说别人,就说这位大物理学家本人,他竟也有过好奇心险遭夭折的经历。他自己回忆,他十七岁进入苏黎世工业大学,为了应付考试,不得不把许多废物塞进自己的脑袋,其结果是在考试后的整整一年里,他对任何科学问题的思考都失去了兴趣。鉴于这个经历,他如此感叹道:"现代的教学方法竟然还没有把研究问题的神圣好奇心完全扼杀掉,真可以说是一个奇迹。"

请不要用我们今天应试教育的严酷状况去推测爱因斯坦当年的处境,事实上,他不过是一年之中考试了两次而已,而且他告诉我们,他多数时间是自由的,仅在考试前借来了同学的课堂笔记,死记硬背以应付考试。尽管如此,他的智力兴趣仍然因此受到了严重伤害。

爱因斯坦得出结论说:好奇心这株嫩苗,除了需要鼓励外,主要需要自由,强制必然会损害探索的兴趣。

大约无须再把今天中国学生——从小学生一直到研究生——所受的强制与爱因斯坦当年所受的那一点儿强制做比较了吧。学校教育当然是不能完全排除强制性考试的,区别在于它在整个教育体制中所处的地位和所占的比重。如果强制性考试成为教学主要的乃至唯一的目的、方法、标准,便是典型的应试教育,而这正是我们今天的现实。

一般来说,好奇心会随着年龄增长而递减,这几乎是一个规律,即使在最好的教育制度下恐怕也是这样。那些能够永葆好奇心的人不啻是幸存者,而人类的伟大文化创造多半出自他们之手。唯因如此,教育必须十分小心地保护好奇心,为它提供良好的生长环境。我相信,像爱因斯坦这样的天才,其强大的智力禀赋足以战胜任何不良的外部环境,但普通人就没有这么幸运了,一种坏的教育制度的杀伤力几乎是摧毁性的。尤其在基础教育阶段,好奇心这颗嫩苗正处在生长的关键期,一旦受到摧残,后果很可能是不可逆的。

在教育上,好奇心体现为学习的兴趣。所谓兴趣,其主要成分就是智力活动的快乐,包括好奇心获得满足的快乐。一个人做事是出于兴趣，还是出于强制，效果大不一样。出于兴趣做事，心情愉快，头脑处于积极主动的状态，往往事半功倍。出于强制做事，心情沮丧，头脑处于消极被动的状态，往往事倍功半。做一般的事尚且如此，学习就更是如此了。因为学习是纯粹的智力活动，如果学生在学习中不能感受到智力活动本身的快乐，学习就会是百分之百的痛苦。遗憾的是，这正是今天多数学生的状况。

情况本来不该是这样的。人有智力禀赋，这种禀赋需要得到生长和运用，原是人性的天然倾向。学生之所以视学习为莫大的痛苦，原因恰恰在于，应试教育不但不是激活，反而是压抑智力活动的，本质上是反智育的。

兴趣应该是智育的第一要素，如果不能激发起学生对知识的兴趣，就谈不上素质教育。强调兴趣在教育中的意义，绝不意味着对学生放任自流，相反，这是一个很高的要求，为此教师必须自己是充满求知兴趣的人，并且善于对学生的兴趣差异予以同情的观察，发现隐藏在其后的能力，真正因材施教。教材也必须改革，提高其智力活动的含量，使之真正能够激发学生探索和思考的兴趣。比如说，哲学教材就不能只是一些教条，而应该能真正启迪学生爱智慧。相比之下，靠重复灌输和强迫记忆标准答案奏效的应试教育真是太偷懒也太省力了，当然，同时也无比辛苦，因为这是一种低水平的简单繁重劳动，教师自己从中也品尝不到丝毫智力乐趣，辛苦成了百分之百的折磨。

2010.11

剩下的才是教育

在论教育的名言中,我特别喜欢这一句俏皮话:忘记了课堂上所学的一切,剩下的才是教育。

爱因斯坦和怀特海都说过这个意思的话。爱因斯坦是大科学家,怀特海是大哲学家,两人都是智力活动的大师。凡智力活动的大师,正因为从自己身上亲知了智力活动的性质和规律,因此皆深通教育之真谛。他们都是出色的自我教育者,而教育的道理不过是他们自我教育的经验的举一反三罢了。

据我所见,没有一个大师是把知识当作教育的目标的。他们当然都是热爱知识、拥有知识的人,但是他们一致认定,在教育中有比知识重要得多、根本得多的东西,那个东西才是目标。

其实,不必大师,我们这些受过一定教育的普通人也能从自身经历中体会到这个道理。不妨回想一下,从小学到大学,学了这么多课本知识,现在仍记得的有多少?恐怕少得可怜,至少在全部内容中所占比例不会多。大致来说,能记住的东西不外乎两类,一是当时就引起了强烈兴趣因而留下了深刻印象的东西,二是后来因为不断重温而得到了巩固的东西。属于后者的,例如在生活和阅读中经常遇见的语言文字,与自己所从事的专业相关的基础知识。事实正是这样:任何具体的知识,倘若不用,是很容易忘记的,倘若需要,又是很容易在书中查到的,而用得多了,记住就是自然而然的事情了。所以,让学生把主要精力放在背诵具体的知识,既吃力又无必要,而且说到底没有多大价值。

那么,那个应该剩下的配称为教育的东西是什么呢?依我看,就是两种能力,一是快乐学习的能力,二是自主学习的能力。教育的目标,第一要让学生喜欢学习,对知识充满兴趣,第二要让学生善于学习,在知识面前拥有自由。一个学生在总体上对人类知识怀有热烈的向往和浓厚的兴趣,又能够按照自己的兴趣方向来安排自己的学习,既有积极的动力,又有合理的方法,他就是一个智力素质高的学生。这样的学生,日后一定会自己不断地去拓展知识的范围,并朝某一个方向纵深发展。

学习是一辈子的事,学校教育仅是一生学习的开端,即使读到了研究生毕业,情况仍是如此。然而,我们看到的现实是,许多人一走出校门,学习就停止了,此后最多是被动地接受一些职业的培训。检验一个人的学校教育是否合格,最可靠的尺度是看他走出校门后能否坚持自主学习。大学是培养知识分子的地方,可是,一个人取得了本科乃至研究生的学历和文凭,并不就算是知识分子了。唯有真正品尝到了智力活动的快乐,从此养成了智力活动的习惯,不管今后从事什么职业,再也改不掉学习、思考、研究的习惯了,这样一个人,我们方可承认他是一个知识分子。我如此定义知识分子:一个热爱智力生活的人,一个智力活动几乎成了本能的人。这个意义上的知识分子与文凭和职业无关。据我所见,各个领域里的有作为者,都一定是自觉的终身学习者和思考者。

当然,在学校里,具体知识的学习仍有相当的重要性,问题是要摆正其位置,使之服从于培养智力活动习惯这个主要目标。在这一点上,中学阶段的任务格外艰难。怀特海如此划分智力发展的阶段:小学是浪漫阶段,中学是精确阶段,大学是综合运用阶段;小学和大学都自由,中学则必须是自由从属于纪律。在全世界,中学生和中学老师都是最辛苦的,因为无论从年龄的特征来说,还是从教学的顺序来说,中学都是最适合于奠定文理知识基础的阶段,知识的灌输最为密集。但是,唯因如此,就更有必要十分讲究教材的编写和教学的方法,以求最大限度地引发学生学习和思考的兴趣。

怀特海说:在中学,学生伏案于课业,进了大学,就要站起来环顾周围了。是的,大学是自由阶段。那么,像我们这样,学生在中学里被应试的重负压得喘不过气,现在终于卸下重负,可以尽兴地玩了,这就是自由吗?显然不是。怀特海说的自由,是指在大学的学习中,具体知识退居次要地位,最重要的是透彻理解所学专业的原理——不是用文字叙述的原理,而是渗透入你的身心的原理,知识的细节消失在原理之中,知识的增长成为越来越无意识的过程。这是一个饱满的心智在某个知识领域里的自由,其前提正是对人类知识的一般兴趣和对所学专业的特殊兴趣。倘若一个学生没有这两种兴趣,只是凭考分糊里糊涂进了某个专业,他当然与这样的自由无缘了。

最后回到那句名言,我们可以说:假如你忘记了课堂上所学的一切,结果是什么也没有剩下,你就是白受了教育。想一想我们今日的教育,白受了教育的蒙昧人何其多也。当然,责任不在学生,至少主要不在学生。

2011.3

怎样教孩子处世做人
——接力出版社《飞罗告诉我》丛书序

孩子都爱发问。爱发问的孩子是聪明的孩子,这说明他的小脑瓜在思考,他看见了一些令他惊奇或困惑的现象,要寻求答案。这正是父母对孩子进行启发式教育的良机。如果你是聪明的父母,你一定会抓住这个机会,仔细倾听孩子的问题,和他进行平等的讨论,切磋相关的道理。有的家长不喜欢孩子发问,总是不耐烦地顶回去,或者给一个简单的答案了事。这样的家长是最笨的家长,而且可能会扼杀孩子的好奇心,使孩子变得和他一样笨。

千万不要小看孩子提的问题,你要给他解释清楚还真不容易呢。比较起来,最容易回答的是知识性的问题,当然,前提是你具备有关的知识,并且善于根据孩子的理解能力进行讲解。特别难回答的问题有两类,一类是哲学性的,另一类是社会性的。哲学性的问题,即对宇宙和人生的追根究底的发问,原本没有标准答案,因此最佳方式是仅仅给予鼓励,使孩子的思考保持在活泼的开放的状态。社会性的问题,源于孩子与人打交道时产生的困惑,随着年龄增长,与社会接触增多,这类问题会大量涌现。怎么应对这类问题,正是我们现在要着重探讨的。

孩子幼小时,一直生活在父母羽翼的庇护之下,自由自在,无忧无虑。上小学后，情况大变，一下子进入了某种带有强制性的秩序之中，以及某种相对陌生的人际关系之中。他会遭遇许多矛盾，他的极其有限的经验完全不足以对付，因而疑惑丛生。事实上，他已经开始面对如何处世做人这个大问题了。细究起来，最基本的矛盾是个人自由和社会规则之间的矛盾，而这正是贯穿人类社会经济、政治、法律、道德领域的核心问题。在这个问题上，最困难的是如何把握好二者的度，各个学派对此亦是众说纷纭。对于个人来说，个性与社会性的冲突也是贯穿终生的，而儿童时期是其肇始，打下一个正确解决的基础是特别重要的。怎样让孩子既能自由成长，又能适应社会，这同样是令父母们苦恼的问题。我想强调的是，父母在引导孩子思考这类问题时，也要把握好度，不可把孩子教育成小绵羊，盲目服从社会的成规。正确的目标是，让孩子既能明白公共生活的若干基本准则，培养自制、友爱、仁慈等美德，又能学会分析复杂的社会现象，坚持独立思考，培养自信、勇敢、正义等美德。

这套童书侧重的正是孩子的社会性发问，以期让孩子懂得处世做人的基本道理。主角菲卢是一个六岁半的男孩，恰好处在开始产生社会性困惑的年龄。作者设计了这个年龄段容易发生疑惑的若干问题，比如：我可以打架吗？我可以撒谎吗？要是我不遵守规则？要是我不去上学？为什么我不能当头儿？每册书针对其中一个问题，父母给菲卢讲道理。有趣的是，就像孩子在这种场合一般会表现的那样，菲卢对父母讲的道理常常不服气。可是，到了晚上，回到自己的房间，他的好朋友——一只名叫飞罗的鸟——就会来找他，而在与飞罗的交谈中，他就慢慢想通了。按照我的理解，这个飞罗其实就是菲卢，是他的那个理性的自我。因此，与飞罗的交谈实际上是菲卢的内心对话。这就告诉我们，父母讲道理讲得好，会起到一个最重要的作用,就是促进孩子那个内在的理性自我觉醒,自己进一步去思考,从而逐渐具备独立解决所遇到的社会性难题的能力。

2012.2

用爱和智慧保护孩子
——《宝贝，宝贝》少儿版致小读者

今年一月，我出了一本书，叫《宝贝，宝贝》。那本书有点儿厚，现在我把它大大地精简，为你们出这个少儿版。

这本书是为我的女儿写的，也是为每一个孩子写的。在书中，我写了女儿小时候许多好玩的事，写了一个小生命在生长中的美丽风景。每一个小生命的生长都是美丽的风景，你们小时候一定也有许多好玩的事。读这本书的时候，你们也许会想起自己点点滴滴的童年趣事，发出会心的一笑。

在书中，我还写了作为一个父亲，我在女儿的教育上是怎么做的。我的全部努力集中到一点，就是在现行教育体制面前保护孩子，给她一个宽松自由的小环境，让她快乐地学习，健康地生长。这也是我对你们的最大祝愿，我希望你们都能有一个宽松自由的小环境，从而快乐地学习，健康地生长。

所以，我的这本书实际上也是在和你们的爸爸妈妈交流。天下父母都是爱孩子的，真爱孩子，就不要逼迫孩子做应试教育的牺牲品了。用爱和智慧保护自己的孩子，正是今天为人父母者的第一职责。但愿你们的爸爸妈妈读了这本书，会赞同我的这个观点。

2010.5

我的教育梦很古老
——答《上海教育》杂志

1. 您认为在教育国际化的发展中,该如何坚守和弘扬民族优秀文化,增强价值观自信?

在教育国际化的发展中,我们首先应该具有世界眼光和人类胸怀,坦然取他人之长补自己之短,这样才能激发和保持自己之长的生命力,这才是真正的价值观自信。

2. 在您的个人成长中,哪些因素起了决定性的作用?

阅读和思考。写作是我的思考的一种手段和方式。内在的自我借此而生长,越来越比外在的自我强大,并且把它的一切经历变成自己的财富。

3. 在您的记忆中,哪项学校的教育活动对您的成长产生过重要影响?

比如说,初中时上海在中学生里举办的"红旗奖章读书运动",使我确知读书是光荣的,坚定了我的阅读习惯。

4. 在您的记忆中，哪位老师对您的影响最大，是否能举例说明？

很遗憾，没有。我觉得我一直是自学的。从中学到大学，课外阅读是我的主课。在大学里，有一个同学对我影响极大，因为他更是自学的。

5. 在您看来，未来社会需要怎样的人才？需要怎样的教师？需要怎样的学校？

我们最需要的是人，人才倒在其次。教育是人的成长，是真正的人的形成。背离此，就不会有人才，只会有工具之才。

6. 请您描述一下您心中的教育梦。

我的教育梦很古老，先秦的诸子百家、古希腊的哲学家学园是样板。

2014.12

尼采反对"扩招"

我正在整理尼采著作的译稿,其中有一部早期著作,题为《论我们教育机构的未来》,是他在巴塞尔大学的五次公开演讲,尚无中译本,我挑一点儿有趣的内容说一说。

德国的学校长期实行双轨制,中学分为文科中学和实科中学,前者着重古典人文教育,学生毕业后可升入大学深造,后者着重职业培训,学生没有升大学的资格。到了尼采的时代,这个界限变得模糊了,主要的表现是,文科中学向实科中学看齐,大规模扩招,而这意味着大学也以相应的规模扩招,同时,在教学内容上,古典人文教育大为削弱,强化了职业培训。对于这个倾向,尼采深感忧虑,为了说明他的忧虑之所在,我引一段他的原话——

"普及教育是最受欢迎的现代国民经济教条之一。尽量多的知识和教育——导致尽量多的生产和消费——导致尽量多的幸福:这差不多成了一个响亮的公式。在这里,利益——更确切地说,收入,尽量多赚钱——成了教育的目的和目标。按照这一倾向,教育似乎被定义成了一种眼力,一个人凭借它可以'出人头地',可以识别一切容易赚到钱的捷径,可以掌握人际交往和国民间交往的一切手段……按照这种观点,人们主张'智识与财产结盟',它完全被视为一个道德要求。在这里，任何一种教育，倘若会使人孤独，倘若其目标超越于金钱和收益，倘若耗时太多，便是可恨的……按照这里通行的道德观念，所要求的当然是相反的东西，即一种速成教育，以求能够快速成为一个挣钱的生物，以及一种所谓的深造教育，以求能够成为一个挣许多钱的生物。一个人所允许具有的文化仅限于赚钱的需要，而所要求于他的也只有这么多。简言之，人类具有对尘世幸福的必然要求——因此教育是必要的——但也仅仅因为此。"

人为了谋生必须学习相关的技能，这本身无可否认也无可非议，尼采反对的是把它和教育混为一谈，用职业培训取代和排挤了真正的教育。他强调："任何一种学校教育，只要在其历程的终点把一个职位或一种谋生方式树为前景，就绝不是真正的教育"，而只是一份指导人们进行生存斗争的"说明书"，相关的机构则是一些"对付生计的机构"，绝不是真正的教育机构。他心目中的真正的教育，其核心是人文教育，是精神素质的培养和文化的创造。

尼采并不反对生计机构，但要求把它和教育机构加以区分，不能把所有的学校都办成生计机构。他预言，既然文科中学和实科中学在总体目标上已经无甚区别，不久后大学也理应向实科中学的毕业生开放。他的预言在三十年后得到了应验。然而，这种应验是令他痛苦的，因为在他看来，这意味着真正的教育机构已被生计机构同化和吞并。

双轨制的取消也许是教育民主化进程的必然，这不是问题的关键之所在。尼采提出的根本问题是：教育有无超出职业培训之上的更高使命？仅以谋生为目标的教育还是不是真正的教育？在教育日趋功利化的今天，这个问题更加尖锐地摆在了人们面前。

尼采还注意到了扩招产生的一个突出问题，就是教师和学生的素质大为下降。他指出，哪怕一个优秀的民族，能够胜任教育事业的人才也是相当有限的，而扩招使太多不够格的人进入了教师队伍。与此同时，大量不合格的学生也涌进了学校。在这种情况下，真正优秀的教师必然地被边缘化了，因为他们既敌不过平庸教师的数量优势，其实也最不适合于教育那些胡乱集合起来的青年。相反，平庸的教师则如鱼得水，因为他们的禀赋与多数学生的胸无大志、精神贫乏处于某种协调的关系之中。

事实上，扩招的最大受害者是学生。在学校里，"无人能够抗拒那个使人疲惫、糊涂、神经紧张、永无喘息之机的强迫性教育"。走出大学校门，等待着他们的是纠结和失败的人生。尼采生动地描绘了这种纠结和失败：走上被雇用的岗位之后，他们感到无能引导自己，于是绝望地沉浸到日常生活和劳作的世界里面；他们不甘心，企图振作起来，抓向某一个支撑物，可是徒劳；在悲凉的心情中，他们放弃了理想，准备去追求任何实际的乃至低级的利益；他们被卷入到了时代的永不停歇的骚动之中，仿佛被切割成了碎片，不再能领略那种永恒的愉悦；他们受尽怀疑、振奋、生计、希望、沮丧的捉弄，最后让缰绳松开，开始蔑视自己……

做这一组演讲时，尼采才二十七岁，距学生时代不远，但已经在巴塞尔大学做了三年教授。无论是以前作为学生，还是现在作为年轻教师，他对学校教育的状况都有切身的感受。扩招只是现象，实质是教育的功利化和真正的教育之缺失。他面对的主要听众是大学生，他寄希望于其中"被相同的感受所震荡"的少数人，呼唤他们投身教育事业，为德国教育机构的新生而奋斗。可是，在他发出这个呼唤之后，不但德国，而且全世界的教育机构都在功利化的路上走得更远了。就此而论,面对当时初露端倪的现代教育之趋势,尼采既是一位预言家,又是一个堂吉诃德。

2011.9

我心目中的好教师

针对教师素养这个话题,我来说一说我心目中好教师应有的品质,特别是针对教育界的现状,我认为一个好教师应该坚持什么。

第一,智情双修,德才兼备,做一个优秀知识分子。

一个人活在世上,不论从事什么职业,第一重要的是做人。对于教师来说,做人更是第一位的,因为教育是精神事业,一个教师精神素质好不好,会直接在教学的态度、内容、方式以及与学生的关系中体现出来。和传授知识相比,教师作为一个人在精神上对学生的影响是更重要的。我们回忆自己的学生时代,最难忘的必是那种具备人格魅力的老师,他们在我们人生早期所给予的启迪和熏陶,其作用之巨大,往往使我们终身受益。

精神素质包括智力、情感、道德,三者缺一不可,教师应该是智情双修、德才兼备的人。因为教师的日常工作是智育,我要强调一下教师的智力素质。教师当然应该是知识分子,而所谓知识分子,就是一辈子热爱智力生活、对知识充满兴趣的人。用这个标准衡量,在我们今日的教师队伍里,知识分子太少了。许多人走出校门、结束了学生生涯之后,就停止学习了,殊不知你现在走进另一个校门、开始了教师生涯,就更应该过一种高水平的智力生活了。如果你自己没有求知的激情,怎么可能在学生心中点燃同样的激情呢?所以,我认为,一个好教师理应把自己定位为知识分子,永远保持学习、思考、钻研的习惯。

第二,爱学生,真正把学生当作目的。

谈到教师的道德素质,我认为爱学生是最重要的师德。如同罗素所说,一个理想教师的必备品质是具有博大的父母本能,如同父母感觉到自己的孩子是目的一样,感觉到学生是目的。学生的年龄越小,这一点就越重要,因为孩子尚缺乏理性判断和情感自主能力,教师的态度会直接影响到他们对生活和学习的信心。

爱学生当然不是表面的随和,仅仅能和学生打成一片。把学生当作目的,这是对爱学生的实质的准确表述。爱学生的教师,一定会把心思放在学生身上,对学生的成长真正负起责任来。正因为如此,他会为每个学生的进步感到由衷的高兴,同时也感到自豪,视为自己的人生成就。一个教师是否真爱学生,学生心里最清楚,他一定会受到学生广泛的敬重和喜爱,而我们也就有基本的理由承认他是一个好教师。

第三,懂教育,拥有正确的教育理念。

教师以教育为职业,按理说都应该是懂教育的,其实不然。一个教师在从事教学工作时,自觉不自觉地都体现了某种教育理念,但有正确与错误之别。尤其在现行教育体制下,如果缺乏独立思考,更可能是错误的。

就单个的教师而言,教育理念不是孤立的东西,也不是抽象的理论,而必定是和他的人生观、价值观有密切联系的,是他的整体精神素质在教学上的体现。说到底,做人和教人在根本上是一致的。一个在人性意义上优秀的教师,他在自己身上就领悟了人性的宝贵,绝不会用压抑和扭曲人性的方式去教学生。相反，那些用这种方式教学生的教师，自己的人性在相当程度上往往是不健全的。在具体的教学中，这种内在的差异几乎是无意识地表现出来的，但是泾渭分明，一目了然。

不过，要自觉地、坚定地拥有正确的教育理念，不能只凭直觉。我认为，一个教师无论教的是什么课程，教育理论都是他的必修课，而且应该在教学生涯中不断重温和深化。在这方面，我建议读一些教育哲学的著作，而不要限于教育学、心理学、教学方法之类，因为教育哲学所探讨的正是教育理念，即教育的根本道理。历史上有许多哲学家写了教育论著，例如洛克、卢梭、康德、杜威、怀特海，他们的教育主张未必一致，但皆深谙人性，各有真知灼见，认真地读一读，一定会有豁然开朗之感。

第四，讲究教学艺术，让学生感受到知识的魅力。

在教学方法上，我认为最重要的是要让学生感受到知识的魅力，使之对你所教的这门课发生兴趣。兴趣是学习的前提，没有兴趣，就只好靠灌输，其效果如何，当教师的都很清楚。一个学生对某一门课能否发生兴趣，取决于两个因素，一是这个学生的天赋类型，二是任课教师的教学水平。一个好的教师不可能使每个学生都对自己所教的这门课发生强烈兴趣，但可以做到使天赋类型适合的学生发生强烈兴趣，而使多数学生发生一般兴趣。

要取得这样的效果，当然不能单凭方法。实际上，这是对教师的综合智力素质的检验。首先，教师对于自己所任的课程，在基本原理方面要做到融会贯通，能够举一反三。现在教育部门在提倡中小学教师的专业发展，我的看法是，这不应该是要求教师的知识达到相关学科中的专业水平——这是不必要的，也是不可能的——而只应该是在教学大纲范围内的通晓和熟练，因为中小学教育是基础教育，不是专业教育。其次，基础教育是一种通识教育，中小学教师不论教的是什么课程，都应该是通识之才，有广泛的知识兴趣和人文修养，如此才能把所任课程的教学做得生动活泼，使学生也产生兴趣并易于领会和接受。

第五，处理好素质教育和应试教育的关系。

现在我要说到今天中小学教师面临的最大难题了。应试体制的硬指标具有迫使教师和学生就范的巨大威力，短期内也无改变的希望，这是一个不可回避的事实。完全不顾应试，显然行不通，学校和家长都不答应。一味顺应乃至迎合，放弃素质教育，则为负责任的教师所不取。不过，我们没有必要陷入这样的两极思维之中。任何体制都不可能把个人的相对自由完全扼杀掉，一个好的教师要善于拓展和运用这个自由，戴着镣铐把舞跳得最好。

我认为，在当今体制下，一个好教师的责任和本事就在于，一方面帮助学生用最少的时间、最有效的方法对付应试，另一方面最大限度地拓展素质教育的空间。这是可以做到的，当然，前提是教师有水平并且肯用心。即使在正常的学习中，教师也应该善于确定知识中必须牢固掌握的要点，避免让学生在次要的细节上耗费大量精力，水平之高低于此立见。可以断定，如果学生牢固掌握了知识的要点，在应试中也不会差到哪里去。现在许多教师仅靠逼迫学生做大量作业来对付应试，其实是最笨也最偷懒的办法，说到底还是水平低并且不负责任。

第六，淡泊名利，甘于受冷落。

如果一个教师做到了上述几条，无疑就是一个好教师。但是，他很可能会面临一个危险，就是不被现行体制认可，在多数情况下，他的处境往往比那些积极贯彻现行体制的人差。那么，我就要说一说我对一个好教师的最后一条要求了，就是淡泊名利，甘于受冷落。你是凭良心做事，当然就应该不计个人得失。一切凭良心做事的人都有一个信念：良心的评判高于体制的评判。你一定也有这样一个信念的，对吧？

2011.3

中学老师是最难当的

　　基础教育是学校教育的重要阶段，也是最艰难的一个阶段。怀特海在论述智力发展阶段时指出：小学和大学都以自由为主导，唯有在中学阶段，纪律是主导，自由必须从属于纪律。按照我的理解，自由是顺应兴趣，而纪律是服从必须。在小学阶段，智力教育的重点是激发和培育一般的求知兴趣，在大学阶段，则是根据业已明确的兴趣方向自主地学习。中学阶段的情况却大不相同，不管是否感兴趣，学生必须学习大量基础知识。因此，中学生是最辛苦的，中学老师也是最难当的。当然，没有兴趣的学习是低效率的，而困难正在于如何引导学生对必须学的知识产生兴趣，使纪律成为自由选择的结果。事实上，即使在学习基础知识的过程中，有三个因素也是具有超越知识本身的价值的，那便是：一、通过文史哲课程的学习受到人文熏陶，拥有丰富的心灵和高贵的情怀；二、通过数理化课程的学习得到思维训练，培养智力活动的兴趣和习惯；三、通过全部课程的综合了解人类知识的概貌，犹如在胸中画一张文化地图，为确定个人兴趣方向和今后专业选择提供依据。在我看来，这三者是比知识更重要的目标，而如果它们在教学中得到充分的体现，就反而能够大大提高学生学习知识的兴趣和效率。

无论是教中小学还是大学，教师都应该具备优良的精神素质。他自身是一个热爱智力生活、对知识充满兴趣的人，才能够在学生心中点燃同样的求知热情。他自身是一个人性丰满、心灵丰富的人，才能够用贴近人性、启迪心灵的方式去教学生。除此之外，鉴于基础教育的特点，对中学教师还有特殊的要求。其一，基础课程横跨文理，科目多，知识量大，因此，中学教师特别要讲究教学艺术，寻求效率的最大化。对于所任的课程，他要善于精选学生必须精确而牢固地掌握的关键内容，把这些内容真正讲透，因而不必勉强学生去熟记许多次要的东西。这样的教学既能节省学生的精力，又容易引发学生的兴趣。当然，要取得这样的效果不能单凭方法，教师自己必须相当精通所任的课程，对基本原理能够融会贯通，举一反三。其二，中学教育实质上是通识教育，因此，中学教师应该是一个通识之才，一个某种程度上的"杂家"，有广阔的知识面，这样才能够触类旁通，把所任的课程教得生动活泼，趣味十足。学生的天赋类型是有差别的，未必对你所教的这门课程都有兴趣，但是一个好的教师可以做到两点，一是使天赋类型适合的学生发生浓厚的兴趣，二是使天赋类型未必适合的学生发生一般的兴趣。

2014.6

如果我是语文教师

我问自己一个问题：如果我是中学语文教师，我会怎么教学生？

对这个问题不能凭空回答，而应凭借切身的经验。我没有当过中学教师，但我当过中学生。让我回顾一下，在我的中学时代，什么东西真正提高了我的语文水平，使我在后来的写作生涯中受益无穷。我发现是两样东西，一是读课外书的爱好，二是写日记的习惯。

那么，答案就有了。

如果我是语文教师，我会注意培养学生对书籍的兴趣，鼓励他们多读好书，多读好的文学作品。所谓多，就要有一定的阅读量，比如说每个学期至少读三本好书。我也许会开一个推荐书目，但不做统一规定，而是让每个学生自己选择感兴趣的书。兴趣尽可五花八门，趣味一定要正，在这方面我会做一些引导。我还会提倡学生写读书笔记，形式不拘，可以是读后的感想，也可以只是摘录书中自己喜欢的语句。

如果我是语文教师，我会鼓励学生写日记。写日记第一贵在坚持，养成习惯，第二贵在真实，有内容。写日记既能坚持又写得有内容，即已证明这个学生在写作上既有兴趣又有能力，我会保证给予优秀的语文成绩。

我主要就抓这两件事。所谓语文水平，无非就是这两样东西，一是阅读的兴趣和能力，二是写作的兴趣和能力。当然要让学生写作文，不过，我会采取不命题为主的方式，学生可以把自己满意的某一篇读书笔记或日记交上来，作为课堂作文。总之，我要让学生知道，上我的语文课，无论阅读还是写作，最重要的是要有自己的真实感受和独立见解。

　　我最不会做的事情，就是让学生分析某一篇范文的所谓中心思想或段落大意。据我所知，我的文章常被用作这样的范文，让学生们受够了折磨。有一回，一个中学生拿了这样一份卷子来考我，是我写的《面对苦难》。对于所列的许多测试题，我真不知该如何解答，只好蒙，她对照标准答案批改，结果几乎不及格。由此可见，这种有所谓标准答案的测试方式是多么荒谬。

2008.1

母语是教育的起点

尼采曾经指出：母语是"真正的教育由之开始的最重要、最直接的对象"，良好的母语训练是"一切后续教育工作"的"自然的、丰产的土壤"；教师应当使学生从少年时代起就严肃地对待母语，"对语言感到敬畏"，最好还"对语言产生高贵的热情"。我完全赞同他的见解。

教育是心智成长的过程，而母语是心智成长最重要的环境之一。母语就好比文化母乳，我们在母语的滋养下学会了思考、表达和交流。虽然后续教育有不同领域和学科之分，但一切教育的基本要求是正确地读、想和写，而这种正确性正是通过良好的母语训练打下基础的。认真对待语言，力求准确地使用每一个词，这不仅是为了避免他人的误解，更是对待心智生活的严肃态度。不能想象，一个对写给别人看的文字极其马虎的人，自己思考时会非常认真。事实上，这种马虎恰恰暴露了他自己也不在乎所要传达的东西。相反，凡是呕心沥血于精神劳动的人，因为珍惜劳动成果，在传达时对文字往往都近乎怀有一种洁癖。

如果说文化是一种教养，那么，母语就是教养的基本功，教养上的缺陷必定会在语言上体现出来。一个语言粗鄙的人，我们会立刻断定他没文化。一个语言华而不实的人，我们也可以立刻断定他伪文化。举止上的高贵风度来自平时最一丝不苟的训练和自我训练，语言上的良好作风也是如此。不用说写公开发表的文章，哪怕是写只给某一个人看的信，只给自己看的日记，都讲究用词和语法的正确，文风的端正，不肯留下一个不修边幅的句子，如此持之以恒，良好的文字习惯就化作本能了，而这便是文字上的教养，因为教养无非是化作本能的良好习惯罢了。

各民族都拥有优秀母语写作的传统，这个传统存在于本民族的经典作品之中，它们理应成为母语学习的范本。一百多年前，尼采已经埋怨德国青少年不是向德语经典作家，而是从媒体那里学习母语，使得他们"尚未成型的心灵被印上了新闻审美趣味的野蛮标记"。如果尼采生活在今天这个网络时代，真不知他会做何感想。我本人认为，网络语文的繁荣极大地拓宽了写作普及的范围和发表自由的空间，诚然是好事，但也因此更应该警惕尼采所说的"新闻审美趣味"的蔓延。网络语文往往是急就章，因此可能导致两个后果，一是内容上的浅薄，缺乏酝酿和积累，成为即兴发泄和时尚狂欢的娱乐场；二是语言上的粗率，容易滋生马虎对待母语的习气，成为错别字和语病的重灾区。内容浅薄，语言粗率，这正是"新闻审美趣味"的两大特征，所以尼采说它"野蛮"。

当然，语言是约定俗成的，必然会在使用中有发展、有更新。我丝毫不反对语言上的创新，但是，第一，创新必须是合乎母语本身规律的，一个词的新的用法，一个句子的新的组织法，应该是对原有词法和句法的推陈出新，而非凭空生造；第二，创新能否被接受成为新的约定俗成，有待于时间的检验。有一点可以肯定，创新的前提是敬畏母语，因而对母语十分用心，有敏锐而细腻的感觉，那种哗众取宠的起哄式的所谓"创新"是闹剧,今天一哄而起,明天就会一哄而散。

2012.12

第七辑

为教育把脉

为中国今天的教育把脉
——评杨东平《中国教育公平的理想与现实》

近十来年,中国教育领域的弊端有目共睹,引起了广泛的质疑乃至"声讨"。变本加厉的应试教育,从小学开始的沉重升学压力和功课负担,激烈的择校竞争,高收费、乱收费和严重的腐败,义务教育的名存实亡,失学儿童和贫困生的大量出现,如此病象纷呈,其症结究竟何在?如何从一团乱麻中理出一条线索,找出补救的措施,进而校正改革的方向?许多有识之士对此进行了严肃的讨论,而杨东平的《中国教育公平的理想与现实》正是这方面的一部力作。

杨东平是一位长期关注教育问题的学者,人们经常听见他发出清醒的声音。在本书中,他从探讨教育公平问题切入,凭借道德良知和理性思考,在分析统计资料和进行实证调查的基础上,对当今教育领域的诸多弊病及其症结做出了清晰的、有说服力的诊断。

教育公平的缺失有一个演进的过程,其中,起决定作用的是重点学校制度和"教育产业化"改革。作者指出,早在20世纪50年代,我国就建立了城乡二元、重点学校和非重点学校二元的等级化公共教育体制,形成了影响我国教育公平的最基本的制度结构。然而,学校等级化的加剧,却是20世纪90年代中期以来实行"教育产业化"改革的结果。这一改革被研究者称作"单纯财政视角的教育改革",指在教育经费严重不足的背景下,以增长和效率为主要追求的改革。作者认为,它已成为当前影响教育公平最重要的制度性因素,因而对之着重做了剖析,在我看来也是全书最具现实批判力度的章节。

从政策和实践看,"教育产业化"的具体做法,在中等教育阶段主要是公办学校转制,"名校办民校",例如把名牌中学的初中部变成高收费的"改制学校"。在高等教育阶段,主要方式是办高收费的"二级学院""独立学院",近些年来更是片面追求数量和规模,用房地产开发模式兴建新校区和"大学城"。大学扩招使得普通高中成为瓶颈,在中考竞争远比高考激烈的新态势下,中等教育进一步出现大规模的两极分化,如同作者所说,少数豪华学校与大量贫困学校并存,已经成为基础教育畸形化的一道荒唐、乖张的风景线。

"教育产业化"的实质不是市场化,而是混淆了市场化改革与公共治理改革。一方面,该改的不改,政府高度行政化的治理方式、对学校的直接微观控制、垄断教育资源的方式皆未变,另一方面,不该改的却改了,公立学校用靠纳税人的钱提供的公共产品设租寻租,将其变成需要花钱购买的服务,向社会、家长强势地攫取经济资源,并架空了弱势阶层和人群享受公共服务的机会和权利。教育产业的主体本应是民办教育,在"名校办民校"的极端不公平竞争中,真正的民校不但步履维艰,而且大面积死亡,假民办扼杀了真民办。同时,公办教育本身成了腐败的温床,公众对教育的评价降至二十年来最低点,教育成为民怨沸腾的"暴利行业"和"腐败重地"。教育支出成了中国民众的沉重负担,占人均收入的比例可能是世界上最高的。每年新生入学时节,屡有贫困生或家长因缴不起学费而自杀的悲惨案例发生,聚焦了教育不公平的严峻现实。在社会贫富差距加大的背景下，教育本应发挥社会平等制衡器的作用，现在却蜕变成了凝固和扩大阶层差距的工具。

在当今种种教育乱象之中，"择校热"格外令人瞩目，大多数家长都身不由己地被卷入其中，为之恐慌。义务教育和基础教育阶段的择校竞争是一个最典型的案例，让人们看到了"教育产业化"是如何进一步扩大学校的两极分化的。作者指出，在利益驱动下，当下"择校热"呈现以下特点：第一，面特别广，已从重点中学蔓延到普通中学，从大中城市蔓延到县城和农村地区；第二，低龄化，择校竞争从高中下移到初中，进而下移到重点小学、重点幼儿园；第三，小学阶段出现炽烈的"奥校热""考证热"，极大地损害了儿童的身心；第四，择校生的比例越来越大，在城市重点学校占学生总数的四分之一甚至一半，收费越来越高，已相当于大学学费。正是依靠把所谓"民营机制"引入公立中学，在基础教育阶段用钱购买教育机会的做法得以大规模地合法化，变成了一种"市场规则"，构成了家长们不得不就范的刚性机制，并形成了少数名校、强校的巨大寻租空间。

那么，在教育不公平的演进中，应试教育扮演了什么角色呢？事实上，重点学校的优势正是以应试教育为前提的，凭借考入重点高校的升学率而抬高了其门槛和身价。我们不妨设想，倘若改变了以统一试卷和标准答案为特征的现行高考方式，还会不会有今天这样挤破门庭的择校狂热，由此我们也可明白应试教育何以如此难以改变的缘由了。当然，应试教育在我国已存在了几十年，只是在实行"教育产业化"的近十来年，它才具有了如此巨大的威力。由此可见，应试教育，重点学校制度，"教育产业化"，这三者在今天已形成互相支撑和促进的格局，而"教育产业化"所起的作用尤其恶劣，导致了早已有之的应试教育和学校等级制度变本加厉。

作者认为，短缺和失衡是两个制度性问题。一方面，教育投入的总量不足，低于许多比中国穷的国家。另一方面，教育经费的分配不合理，等级化学校制度是在或明或暗的倡导和支持下才得以存在并发展的。在此过程中，地方政府、教育主管部门、重点学校结成了利益共同体。改变中国教育不公平的现状，千难万难，最大的困难是在这里。

按照我的理解，本书在相当程度上是在向政府建言。作为一个纯正的学者，杨东平既有正义感和责任心，又有科学的、理性的、建设性的态度。我期待本书会引起政府和教育界一切有识之士的重视与思考，对于改善我国教育不公平的状况将发生其应有的积极作用。

2007.12

把赌注下在素质教育这一边

我收到一个今年应届高中毕业生的来信,她叫王卉媛,在信中详细叙述了她抵制应试教育并获成功的经历。大致情况是,在父母顺其自然的教育态度和自己兴趣至上的学习态度支配下,从小学到中学,她似乎一直不用功,也没有上任何课外班。但是,她喜欢看"闲书",包括简本英文小说,高中时迷上了相对论、哲学等,兴之所至,还看动漫,看电视的科学类节目,写作,画画。她的课内成绩长期平平,但奇迹般地后来居上,最后轻松地考入了北大中文系。

我在我的公开邮箱中发现了这封信,读得津津有味。今年一月,我出版《宝贝,宝贝》一书,书中叙述了我在女儿的教育上的做法,也是把快乐和兴趣放在第一位,鼓励她看"闲书"、想问题,不上任何课外班,结果很好,即使在应试上也名列前茅。我的女儿毕竟刚升初中,王卉媛已经度过应试教育中最艰难的中学阶段,她的案例是更有说服力的,证明了在应试体制下,个人——包括作为个体的学生、家长、教师——仍有可能最大限度地坚持素质教育,与应试体制相抗争,并且做到在这个体制中也不成为输家。

我相信,类似的案例一定还有不少,只是这一个碰巧让我知道了。我还相信,一定有更多的学生和家长处在矛盾之中,一方面对应试体制的祸害有切肤之痛，另一方面又怕抗争会使自己遭到淘汰，只好痛苦地被它拖着走。对于他们，王卉媛的案例尤其具有激励的作用，能够在抗争这一边增加一个砝码。因此，在征得她的同意之后，我把她的信和我的回信发表在了我的博客上。

反响非常热烈，许多人表示赞赏和受到鼓舞，也有不少质疑的声音，网友们围绕这个案例展开了讨论。被质疑得最多的一点是：王卉媛考上了北大，你为她叫好，你岂不仍是在用应试的结果衡量教育的成败？是否可以认为，她的方法不是应试的，而最终的评价指标仍是应试的？对于这个质疑，好些网友替我做了回答，他们指出：这个故事的主题与北大无关，作为一次突破应试教育的阶段性成功，北大只是做了一次检测的量具，这个故事真正的主题是有关教育，有关人的成长和人才的培养；即使没有考进北大，只要她保持喜欢、兴趣、研究性学习的能力，这在任何一所大学，都将使她收获到更多，也必将对她今后的人生带来更有价值的东西。这些话都说得非常好。

我真不认为考上北大有什么了不起。我在给王卉媛的回信中说："北大现在也沾染了这个时代的许多毛病，你仍要独立思考。"遵循应试轨道考进名校的人多的是，她的特别之处在于，从不以名校为目标，考上北大因此仿佛只是一个意外收获，是坚持自我素质教育的一个副产品。她在应试上的成功不是证明应试正确，而是证明对付应试可以有别的方式。我一向认为，在学生阶段，衡量教育成败的标准是看是否拥有了两种能力，一是快乐学习的能力，二是自主学习的能力。喜欢学习，能够按照自己的兴趣安排自己的学习，这就是好的智力素质，这样的学生不管是否考进名校，将来都会有出息。

事实上，王卉媛考上北大多少带有偶然性，她自己也为她运气太好感到不安。有网友指出,她的这种方式充满风险,完全有可能在应试上失败,所以家长们哪敢冒这个险。我们的确不能低估应试体制的威力,与这个体制抗争的人未必都像王卉媛那样幸运,一定会有人在考场上折戟。应试体制实际上把所有学生和家长逼入了一个赌局,一边是应试教育,另一边是素质教育,看你把赌注下在哪一边。现在的情况是,绝大多数人把赌注完全押在了应试教育上,竭尽全力成为赢家。在我看来,这样做的风险其实更大,如果赢了,不过是升学占了便宜而已,如果输了,就输得精光。相反,把赌注下在素质教育这一边,适当兼顾应试,即使最后在升学上遭遇一点儿挫折,素质上的收获却是无人能剥夺的,必将在整个人生中长久发生作用。所以,以素质的优秀为目标,把应试的成功当作副产品,是最合理的定位。

其实,只要真正注重素质的培养,有了好的智力素质,应试也不会太困难。智力是一种综合素质,其效果一定会体现在需要运用智力的一切事情上,包括功课和考试。王卉媛对语文和英语的死板教学方法十分抵触,但因为喜欢读文学作品和英文小说,结果课内成绩也能轻松地保持优秀。她如此谈自己的体会:"应试考查的是素质中的冰山一角,拥有整座冰山的孩子当然不会害怕有人来试探他的边沿。"有网友认为此言涉嫌为应试教育辩护,我理解她的真正意思是,即使应试只考查露出水面的东西,你仍应该让自己拥有整座冰山,而不只是一块浮冰。针对某些网友谴责她能上北大是应试上的不公平,对她的自我素质教育却毫无所感,一位网友说得好:"这是很悲哀的,简直就像放着金子不拿,却和别人争夺分配石头的公平。"

还有的网友认为,王卉媛只是一个特例,她有天分,爱学习,所以能实施素质教育,绝大多数孩子不肯主动学习,就必须实施严格的应试教育。我们的确看到,现在不喜欢学习的孩子似乎占多数,然而,正如王卉媛所指出的:现在的学生之所以学得那么痛苦,就是因为在应试体制下被残忍地剥夺了"喜欢"的能力。学习不快乐原是应试教育的恶果,怎么能反过来把它当作应试教育的理由呢。这样做的结果只能是恶性循环,越应试就越不爱学,越不爱学就越强化应试,走进了死胡同。人都要追求快乐的,现在许多孩子之所以沉湎于玩电脑游戏、网聊、追星、八卦,就是因为在学习中得不到快乐,只能用低级快乐来替代了。人的天赋当然有差别,但是,孩子都有旺盛的好奇心和求知欲,只要正确引导,每一个孩子都能尽其天赋生长得最好,这正是素质教育的目标。所以,天赋的差异绝非实施应试教育的借口。

王卉媛在给我的信中一再为自己的幸运表示不安,觉得这对于许多挣扎在应试体制中的孩子来说是一种不公平。我回信劝慰她说:"不公平是体制造成的。在一场规模巨大、旷日持久的灾难中——今天的教育正是这样的一场灾难——有大量遇难者,只有少数幸存者,这是没有办法的。难道所有人都遇难才公平吗?当然不,为了战胜灾难,为了灾后重建,幸存者越多越好,凭借自己的能力和机会成为幸存者,这本身就是一种贡献。"这是我的真实想法。应试体制的弊端有目共睹,业已引起政府和各界人士的关注,但积重难返,改革之路艰难而漫长。在这个过程中,个人不是无能为力的。把主要力气花在素质教育上,向应试教育争自由,能争到多少是多少,在应试体制面前保护孩子,能保护一个是一个,这不但是可行的,而且是一种责任。在一切战争中,保存和发展有生力量是一个基本原则,在素质教育与应试教育之战中也是如此。可以确信,抗争者的队伍壮大了，两种教育之间的力量对比就会发生变化，应试体制要不变也难了。现在它既然已经失人心，那么，让我们共同努力，让它也失天下吧。

2010.8

功利化教育与其中的学生
——答北师大《京师学人》杂志

1. 近日一名高二学生在国旗下演讲时把老师"审核"后的讲稿偷换成了自己撰写的"檄文",炮轰教育制度,称学生是人而不是考试的机器。你如何看这名学生的举动?

我很赞赏这位学生的勇气。事实上,现在的教育制度把学生不当人而当成考试的机器,这几乎是所有学生的同感,他只是把这个同感说了出来而已。但他说的方式令人敬佩,换了别人也会发牢骚,可是在正式场合往往会说一些言不由衷的套话,而他偏偏选择一个似乎庄严的场合说真话,把似乎庄严变成了真正庄严。

2. 身在中国,高考在所难免,您会让您的女儿走这条路吗?您是如何帮助您的女儿应对考试制度的,在其中怎样平衡应试教育和素质教育呢?您和您的女儿有代沟吗?您认为家庭教育和学校教育如何实现良性互动?

现行高考制度的主要弊端有二,一是一锤定终身,二是偏重课本知识而非独立思考。因此,解决的办法,一是减轻这一锤的威力,把平时的综合成绩也列为录取的重要依据,二是在考题类型上和面试时侧重考查独立思考的能力。但是,高考改革困难重重,进展缓慢。

我的女儿是否走这条路，到时候由她自己决定吧。不管她以后怎样决定，现在我都鼓励她把精力更多地用在提高素质上，对考试持平常心。考试本身已是压力，家长不应该再加压，至少要在心理上给孩子减压。每次考试前，我都会对她说：考咋样就咋样，考砸了也没关系。我觉得我们之间没有代沟，很平等，彼此能畅所欲言。家庭教育是一种潜移默化的熏陶，这一点是学校教育难以做到的。当然，关键是家长的素质，做父母意味着上帝向你提出了更高的要求，你必须提高自己的素质。好的家庭教育对于学校教育的作用有二，一是给素质教育加分，二是给应试教育减负。

3. 高校招生中出现了不少学校间恶意抢生源的现象，特别是名校抢高考状元的竞争异常激烈，有人说这是学校的"面子工程"，也有人认为这给了中小学教育"以考为本"的不良示范，您怎么看这一现象？生源对于一个学校是至关重要的吗？

在我看来，名校抢高考状元是对自己的羞辱，因为这说明它们已经意识到了自己尽失昔日光彩，只能靠这种低级炒作来给自己贴金了。好生源当然重要，可以使大学教育有一个扎实的基础和较高的起点，但是，现在的所谓好生源是用应试成绩来衡量的，未必真好，很可能淘汰掉了一些真正有培养前途而未必擅长或愿意花力气应试的人才。衡量大学教育的水平，标准不是招进了什么样的人，而是培养出了什么样的人。我很担心，在大学尤其名牌大学急功近利的现状下，好生源也会被教坏了。

4. 教育部表示就业率连续两年低于60%的专业应减招直至停招，怎么看高校成为职业培训所的趋势？在就业率与专业命运挂钩的形势下,冷门专业的学生应如何应对?

　　这当然是极其近视的政策。最基础的学科都是非实用的,但在人类知识的发展中起着决定作用,如果把学科的命运交给市场支配,这类专业都只能关闭。冷门专业的学生应如何应对?我觉得没什么好办法,就看你对这个专业有没有真兴趣了,有就坚守,没有就改行吧。

5. 目前考研、做科研都越来越功利,甚至"保研路"成为一个尴尬而深陷黑幕的名词,这样的社会氛围之中,我们如何保护"学术"的"贞操"?

　　学者、教授的堕落是最触目惊心的,也是最卑鄙的,应该用法律狠狠地整治黑幕后的那些家伙。作为学生,应该自重,如果别无选择,就宁可不读研。你想一想,跟一个卑鄙的人又能学到什么。人生有两种选择,一是做人的选择,二是做事的选择,两者发生冲突时,做事服从做人。当做事是做学问时,就更应该如此,因为做学问最要紧的是做人。人的最大自由就体现在做人上,哪怕普天下男盗女娼,你仍可以做良男贞女。

6. 而今学术论文的数量成为大学老师评职称的硬性指标,一位讲师坦言:"如果一个老师的论文不能达到数量,犹如一个人什么都好就是没有钱一样,无法生存。"怎么看待这种现象?学术的评价标准能够"量化"吗?

　　学术评价标准不能量化是一个常识,量化是教育和学术机构行政化的必然结果,因为行政当局无能评价学术,量化是唯一的也是最方便的办法。所以,关键在于去行政化,回归教育和学术机构的学术性质。

7. 如今许多高校都一致追求"高、大、全"的一流名校定位，在建筑规模上扩大校区，在院系上极力扩展，甚至高校间的兼并，您认为这样有利于高校发展吗？

一个大学有真正懂教育的一流校长，能够感召和团结一定数量有真才实学的一流教师，从而培养出相当数量青出于蓝的一流学生，这才配称为一流名校。如今竞相通过圈地、盖楼和扩展院系来创一流名校，这只能说是中国教育的丑闻和笑柄，足以说明现在许多校长不但不是一流，而且根本不入流。

最后，我要向你们这些提问的小记者表示敬意。你们都是低年级本科生，但所提的问题很有水平，问题本身已表明了你们对现行教育体制的清醒认识。我祝愿你们在上学期间坚持独立思考，不被环境同化，做自己命运的主人，而你们的坚持本身就会成为改善整体环境的一种力量。

2012.7

一个好校长在今天能做什么

今天的时代,高贵已成陌生之物。教育原本赋有传承高贵的使命,然而,在应试体制的压力下,教师、学生、家长皆疲于应对,以至于在今天的学校里,传承高贵似乎成了一种不合时宜的奢侈。现在,这里有一位中学校长,他仍执着于这种不合时宜的奢侈,用他的话来说,就是要向年轻的生命中注入贵族气质。面对他的努力,我不由得肃然起敬。

《教育,让人生更美好》一书中的文字,大多是邰亚臣校长在学校里的公开讲话,听众的主体是学生。一个校长向学生训话,再平常不过了。可是,且慢,你读一下就知道了,这个校长有点儿不一样。在他的讲话中,你找不到一句官话、套话。他没有把校长讲话当作例行仪式,更没有把学生当作训诫对象,我相信每一次他都做了认真的准备,要和学生进行言之有物的心灵交流,奉献出自己从观察、阅读、思考中得到的主要收获。他的讲话激情飞扬,甚至可以说文采斐然,而说出的则是经过深思熟虑的真知灼见。

在邰校长身上,我看到了做人与教人、人生理念与办学方针的高度一致。他自己感悟到并且享受到了人生的那些最珍贵的价值,多么希望通过言传身教和制度设计让学生也能感悟到、享受到。当然,这不容易，因为在今天社会和教育的大环境中，正是这些价值遭到了普遍的忽视和损害。我单说其中的两项：个性和优雅。

每个人都是一个独特的个体，个性是人生的珍贵价值，人的多样性是人类创造力的重要源泉。因此，教育应该尊重学生的差异性，为不同个性的发展提供广阔的空间。然而，在当今教育舞台上，通行的是以应试、升学、就业为目标的过度的规划，正如邰校长所指出的，老师、学生、家长的目标被惊人地统一，从上小学开始，孩子们的生活和心灵就被分数以及奥数、英语等各种特长班格式化了。针对这种情况，他向老师和家长呼吁：减少规划，开始等待，让孩子的生命里多一些悬念。他强调：单纯的喜爱是最有尊严的活动，最重要的事情是让孩子恢复对事物本真的兴趣。帮助每一个孩子感知自己内心的真实，发现精彩的自我，展现丰富的个性，是他的明确的办学方针。

除了个性，邰校长还经常谈到优雅。他把培养优雅的文化气质确立为重要的办学目标。优雅或许有二义。一是生活情趣，有真切的生命体验。一句精辟的话："在我眼里，所有对生命还有感动的人们，是这个时代的英雄。"二是精神气质，有高贵的灵魂生活。如他所言：学校应该是培养精神气质的圣地。如果说功利性的过度规划摧残了个性，那么，同样源于功利性的过度的竞争意识则是优雅的大敌，使得学校成了战场。他告诫学生、老师、家长远离竞争，有一段振聋发聩的话值得全文照抄："我们可能确信不疑，奥数、英语、有名的中学、顶尖的大学、收入很高的工作都是往生命银行里存入的巨款。但如果没有闲适与从容、逍遥与自在，多年以后，我们认为的巨款可能就会变成呆账、坏账。相反，听从内心的呼唤，不断体验生命中的新鲜，可能会成为人生最重要的投资。"

邰校长自己是一个热爱精神事物的人，尤其爱诗歌，在讲话中经常引用中外诗人的诗句。他把诗定义为"夹杂着明亮的忧伤"，单凭这一句，我就知道他不但爱诗而且懂诗。在这个毫无诗意的时代，他偏强调诗歌的教育意义，倡导学生举办诗歌朗诵会，鼓励学生在诗歌里发现生命的源泉，修整内心的空间，以一种不同的方式重新找到自己。一个自己对诗歌没有精深体验的人，当然是说不出这些话的。

也许有人会问：身在应试体制之内，做校长的总要对学生应试和升学的成绩负责吧？邰校长的回答是，第一，事实证明，丰富的学校生活对此绝没有消极影响，在北京市的中学里，十五中的高考成绩一直是好的。但是，第二，十五中的育人目标绝不定位在清华、北大上，也不和某些顶级名校攀比。因为在他看来，这样做只是以学校为本，而唯有立足于人的全面教育，帮助学生在历史、现实、未来的坐标体系中找到自己的位置，才是真正的以人为本。他的坚定不移的立场是："如果在有名气和明亮之间选择的话，我们会毫不犹豫选择后者，竭尽全力打造一所照亮学生内心的学校。"

众所周知，在现行体制里，做校长基本上是做官。为邰校长计，他似乎还可以有另一种选择：作为个人不妨讲究精神品位，作为校长则遵守官场规则。今日官场上这样做的人不在少数，不过，人们当然有理由对其所谓的精神品位打一个问号。邰校长太爱学生，不可能这样做。他由衷地感到，教育工作是人生中一场纯真的旅行，途中最美丽的风景就是与孩子们的可爱灵魂的相遇——爱学生也被学生爱。正因为爱学生，他对孩子们在应试体制下遭受的痛苦感同身受，深知责任重大。他向全校老师指出：在今天这个社会里，最大的弱势群体其实是被考试和作业夺去了无数黑夜与白天的孩子们。

他提醒老师们,虽然无法破解体制造成的困局,但要多一些警惕,培养一种勇气,不盲从,不追风,同时更加智慧地工作,少占用学生的时间,为孩子们其实也是为自己找回属于人的基本权利。他向学生们倾吐肺腑之言:你们是压力和年龄不匹配的一代人,从小升初开始就辗转于各种班的痛苦,父母的无助,学校的无力,一路走来,紧张、焦虑、茫然、无所适从,刚到十八岁已是一身沧桑了!他开导他们:考不上理想大学算什么,不要把人看得太简单和渺小,只要你保有自我选择的勇气,就有一线生机让自己不成为众多的别人。他大声疾呼:孩子们,我们要一起合作!

  我们看到,面对学生,邰校长掏心窝,讲真话,批评起现行教育的弊端来简直不像一个校长。可是,其实他所做的正是一个好校长在今天所能做的最好的事,那就是让学生对弊端怀有警觉,保持内在的自由,同时在教育实践中最大限度地减轻弊端的危害,为学生拓宽外在的自由。

2012.2

沙漠上的一块小小的绿洲
——在北京第十五中学初中毕业典礼上的发言

今天,我们的孩子正式从十五中初中毕业了。此时此刻,作为家长,我们有一个共同的心情,就是对十五中校长和老师三年来的精心培育和辛勤劳动充满了感激。我相信,在这一点上,我可以代表家长们来表达我们共同的感激之情。谢谢邰校长!谢谢十五中的老师们!

我接下来要说的话,不一定能代表全体家长,只是我个人的感想。我想说一说我本人最感激十五中的是什么。当今应试教育一统天下,孩子们被考试和升学的负担压得喘不过气来,但是十五中的情形有点儿不一样。在邰校长领导下,十五中立足于保护孩子们的身心健康和个性发展,在严酷的大环境里为孩子们开创了一个相对宽松温暖的小环境。我深知这样做有多么不容易,需要承受多么大的压力,我对邰校长的智慧和勇气深表敬佩。

现在回想起来,三年前我把女儿送进十五中,而不是别的什么更有名的学校,是多么正确也多么幸运。她马上要读高中了,我们父女俩的想法是一致的,就是仍然选择能为学生的自由发展留出足够空间的学校,坚决不上那种唯应试成绩是求的所谓高考能校。我一向认为,一个孩子只要素质好,有自己的真兴趣,能够快乐学习和自主学习，将来一定会有出息。相反，拼命应试，没有自己的真兴趣，没有自主学习的能力，即使考上了清华北大，也不会有多大出息。我是北大毕业的，我知道北大毕业后没出息的人多的是。

所以，最后，我要表达我的一个真诚的愿望，我衷心希望十五中把已经走对了的路坚持走下去，维护好应试教育沙漠上的这一块小小的绿洲，从而继续造福现在仍然在校的孩子们，造福今后将要入校的孩子们。谢谢。

（附记：毕业典礼于2013年6月20日举行，此时邰校长已被通知调离十五中，他选择了辞职，我在发言最后表达的愿望其实隐含了深深的不安。）

恢复常识和记忆
——读陈丹青《退步集》

《退步集》是陈丹青近几年文章和言论的结集。作为一个有良好直觉的艺术家和思想者,书中处处可见作者对于生活和事物的洞见。尤为可贵的是作者的诚实,既对自己诚实,也对他人和社会诚实,敢于正视并且直言自己的所感所思。当这样一个人针对时弊发言时,不管忠言多么逆耳,都是值得我们聆听和深省的。

在不同场合,作者涉及的话题不同,若要找出一个"中心思想",也许可以用书中一篇讲演的标题来表示,就是"常识与记忆"。恢复常识和记忆!——这一声沉痛的呼唤贯穿于全书。在作者看来,当今种种怪现状,一言以蔽之,便是背离常识,抹杀记忆,而如果不恢复常识和记忆,则所谓人文、改革、创新等响亮话语都只是奢谈。

身为艺术学院的教师,作者对于当今教育尤其艺术教育的弊病有切肤之痛。他认为,中国现行艺术教育有三个误区:素描教学、外语考试和政治考试。艺术教育的基础应是常识健全,即懂得如何观看,而非素描。外语考试淘汰了许多有艺术天赋的考生。政治课因教材的陈旧而与真正的人文教育背道而驰。这些问题导致了今天的艺术教育"上不见人文精神,下不见常识",学生严重缺乏常识,没有文化。作者愤激地说,齐白石、黄宾虹、徐悲鸿之辈倘若活在今天，由于这些考试的关卡，很可能失去报考油画专业的资格。

在艺术教育中，缺乏常识与丧失记忆密切相关。学习观看的重要途径是看经典原作。然而，我们的经典原作都封存在仓库里，极少在美术馆展出，使得我们的学生、艺术家与民族艺术五千年的脉络断了联系。中国画家只能看到机器复制图像，形成的是"集体伪经验"。这种情况与国外美术馆之发达和展品之充实适成鲜明对照。美术学院连年扩招，美术界高谈国际性、当代性等宏大话题，不断举办研讨会、博览会、双年展，"在这一切的热闹与喧嚣中，美术馆，作为一条无法替代的认知途径，一个国家的历史记忆，一个巨大的文化实体，却是长期悬置、长期缺席"，在作者眼中显得格外刺目。

城市建设是作者关注的另一个重点，在这方面，常识和记忆的缺失更加触目惊心。建筑设计的常识是与周边建筑及整体环境的和谐，历史记忆的保存，等等。然而，在今天的中国，这些常识完全不被顾及，比比皆是公然的无序、失控和对历史记忆的破坏。作者应邀出席上海青浦区朱家角镇"新江南水乡"论坛，他的发言必定很令人扫兴，开门见山地说："江南水乡"没有了，"新江南水乡"是一个伪问题。他更指出，在今天的城市建设中，不止江南，整个中国正在被另一个假冒伪劣的"中国"所覆盖。

按理说，诸如艺术教育要尊重艺术，尊重学生的个性，城市建设要尊重环境，尊重历史的记忆，这些常识并不复杂，何以会在今天遭到如此严重的"遗忘"？作者认为，原因在变本加厉的行政化。强大的"行政文化"无处不在，支配一切。它用量化、程序化的方式管理教育，迫使艺术教育不是对艺术和学生个人负责，而是向上负责。它使中国城市建设呈现的不是建筑设计，而是"权力景观""行政景观"。

当今教育和城市建设中的种种弊病有目共睹，已经引起广泛不满和批评。因此，严格地说，某些基本的常识并不是被"遗忘"了，而是遭到了来自权力和金钱的蔑视。作为一个有责任心的教师和艺术家，作者并非在进行理论的分析，而只是直言不讳地把自己的亲身感受说了出来。他对阻挡这一进程的可能性持悲观态度，自我定位为顽固的"反动派"。我们不妨听一听这个"反动派"的诤言，这有助于我们正视问题的严重性，从而积极地争取乐观的前景。

2007.4

诗性的教育感悟

喜欢《我的教育乡愁》这个书名,觉得它意味浓郁。读完书稿,还觉得它贴切。我体会,教育之成为林茶居的乡愁,有两层含义。其一,他的早年记忆中铭刻着多位教师的形象,他自己也从十六岁起当上了一名教师,教育是他钟爱的事业。其二,在今天的时代,他心目中那种真正的教育失落已久,教育是他渴望寻回的理想故土。

正是怀着这两种乡愁,在离开教师岗位之后,林茶居创办和主编了《教师月刊》。他为这份杂志向我约稿,是我们结识的机缘。

作者又是一位纯正的诗人。这使我对他的这本谈教育的书满怀期待。书中引谢林之言:"诗是人的女教师。"诺瓦利斯之言:"诗是保证直觉健康的艺术。"我相信,一个受了诗这位女教师的熏陶、保持了健康直觉的人,对于教育一定会有独特的、直入本质的理解。事实的确如此。

在本书中,作者谈教育,也谈诗歌、艺术、生活,随处有令人眼睛一亮的闪光的文字,我在这里仅对其中若干诗性的教育感悟表达我的赞赏和呼应。

诗与教育原本是相通的。人是一个有灵性的生命,诗是这样一个生命的歌唱,而教育则是这样一个生命的健康生长。生命是教育尤其早期教育的第一关键词。孩子首先是一个生命。"在苏霍姆林斯基的教育话语里,没有'学生',只有'孩子'或'儿童'。"天真率性是孩子天然的生命状态,可是中国人总是强调孩子要"懂事"。"也许有的'妈妈'被孩子的'懂事'感动了。只是这种感动非常廉价。这种感动不是一个'妈妈'的感动,而是一个成人的无知与自得。"时下流行所谓"感恩教育",把感恩窄化、矮化、俗化为"孝"、"敬"、"顺",甚至教孩子给父母洗脚、过生日谢父母的生育之恩,荒唐到了极点。孩子天然的感恩"实际上都在那一声叫不腻、喊不累的'妈妈''爸爸'里",而人的感恩之心应该"面对的是'天地',是'人间',是'命运',是'花开花落',是生命的'偶然',是他自己的'珍惜'"。好的家庭教育绝无刻板的规矩和明确的目标,乃是"'一家人'的欢乐、吵闹和争执"。鉴于今日教育包括家庭教育的病态、阴郁、粗鲁、功利,作者的一句点睛之语是:"那些活得健康、阳光、优雅、无私的孩子,他们的父母是这个时代的'劳动模范'。"

诗歌创作过程有两个特点,它既是对个人经验的唤醒,又是对灵感突现的敞开。教育过程与此十分相似。一方面,教育也是"对个人经验的发现、呼唤、亲近、激发、彰显"。所谓个人经验,不只是指外部经历,更是指内在体验。其中,"能不能保持精神的青春期是精神成长的关键性问题。那些天真,那些萌动,那些多情,那些梦想,那些对美好事物的无限迷恋……精神成长不仅指向未来,还意味着对过去的保持,对过去的不断唤醒、激荡、敞开、照亮。"另一方面,教育又是对未来种种未知的可能性的敞开。"孩子的成长不是反应性的,而是创造性的,是对自我、对世界、对生命奇迹的创造。""每一个孩子的成长都充满奇迹和意外。你现在根本就无法知晓他将来会成为什么样的人、从事什么样的职业。"今日的教育恰恰在这两个方面都背道而驰,功利性的目标统率一切,把个人的内在经验和创造潜能都扼杀了。

教育要能够唤醒个人经验,开放创造机遇,就必须慢。在古希腊文中,"学校"和"闲暇"是同一个词。世上一切好东西,包括好的器物,好的诗,好的教育,都是在从容的心境下产生的。作者引叶圣陶的名言"教育是农业而不是工业",评论道:这"才是体贴人性、让教育之善充分敞开的美好叙事——它准确地握住了教育'慢'的、'个性'的、'顺应自然'的本质"。今日教育的快,实质是急功近利,让学生做的大量事情与教育无关,甚至是教育的反面。可是,孩子和家长却因此没有了喘息的时间。"孩子们的成长被加诸了太多的人生难题。教育在这个问题上正做着雪上加霜的事情,还美其名曰:为每一个孩子的一生负责。""这个时代的中国父母也许是有史以来过得最累的父母。告诉他们可以不做什么比告诉他们应该做什么可能更为急迫。"做减法,减去非教育性质的负担,不但给真正的教育腾出了空间,而且孩子和家长都会轻松得多,这是多么中肯的提醒。

作为一个执教多年的语文教师,作者对语文教学也有精当的识见。"好的语文教师的一个重要标志就是:有足够的激情与办法让好的文字和孩子相互照亮,相互敞开,相互召唤。它促成这样一种令人向往的教育情境:孩子在好的文字中认出'我',发现'我',感受'我',教育'我'。"读到这个话,我不由得击节赞叹。倘若不是一个深谙文字的精神品格的诗人,怎么说得出这个话。当今语文教学弊病甚多,举其要者,一是技术主义,课文分析则武断所谓主题思想、段落大意,作文则强求所谓遣词造句、谋篇构局。作者责问道:"谁给了你'遣'词、'造'句、'谋'篇、'构'局的权利?你所应该做的是丰富自己的内心,听从语言的召唤。"二是道德主义,所谓

"先做人，后作文"，而把"做人"局限为做"道德的人"。作者指出，这个命题若要成立，"做人"应该是做"思想的人"、"情感的人"、"心灵的人"、"精神的人"、"审美的人"，等等，而不只是"道德的人"。事实上，在道德主义的逼迫下，假大空已成学生作文的通病。写假话甚至是一种硬性要求，比如说，让与父母长期分离、艰难度日的"留守儿童"在作文里写"我幸福的一家"，用学到的形容词歌颂祖国和展望未来。在这样的语文教学中，既没有好的文字——即使本来是好的文字，遭到技术主义阉割和道德主义曲解后，也成了坏的文字——又没有真实的"我"，真实的生命和心灵，遑论相互照亮。

最后，我想说，在教育遭到沦陷的今天，作者的教育乡愁在不同程度上也是每个常识尚存的人的乡愁。因此，让教育回归常识，是我们的共同心愿和责任。

2011.12

第八辑

文艺的风景

真文学是非职业的

今天，2010年文学走进大学校园活动在清华大学举行启动仪式，让我作为作家代表发言。其实，和许多作家相比，我是最没有资格做这个代表的。因为第一，我加入作协的时间非常短，承蒙铁凝主席和我的朋友史铁生介绍，我在几个月前才成为作协会员。第二，我的专业不是文学创作，而是哲学研究，因此我只能算一个业余作家。可是，正因为如此，我与文学的关系就和校园里的文学爱好者们的情况非常接近，我们都是业余的，比较容易沟通，这也许是让我来发言的一个理由吧。

事实上，在大学校园里，文学一直是存在着的。我不但是指许许多多的文学社团和文学爱好者，而且是指更多的不以为自己从事文学却在不断写作的人，他们在日记里、在给亲友的信中、在个人博客上写下自己的欢乐和苦恼，经历和感受，观察和思考。什么是文学？在我看来，文学是心灵生活的一种方式。一个人认真地倾听自己灵魂中的声音，为它寻找语言的表达，这就已经是文学了。本真意义上的文学是非职业的，属于每一个热爱生命的人。青年天然地热爱生命，年轻的心是文学的天然沃土。谁在青春期没有写过诗？谁在大学时代没有自己的抽屉文学？文学是无数青年的秘密情人或公开情人，在一定意义上，秘密情人比公开情人更甜蜜也更忠贞。有一些青年后来和这个情人结婚了，成了专业作家。不过，众所周知，婚姻中有太多的利益考虑和规定动作，往往不如爱情那样纯粹和率真，甚至有可能成为爱情的坟墓。

托尔斯泰说："写作的职业化是文学堕落的主要原因。"我经常用这句话警示自己，虽然我自认为是一个业余作家，但是，写作事实上已经成为我的收入的主要来源，因而不可避免地变得不那么纯粹了，我无法否认我的作品有退步的趋势。法国作家列那尔在相同的意义上说："我把那些还没有以文学为职业的人称作经典作家。"正因为这个意义上的经典作家一代又一代不断涌现，文学才得以永葆青春。同学们，你们就是今天的经典作家，所以，我想，文学走进校园，首先是为了来感谢你们的。

谢谢你们！谢谢大家！我的话讲完了。

（本文为2010年"文学走进大学校园"活动启动仪式上的发言）

2010.6

文学新人:"这一个",而不是"下一个"

应邀做这个文学新人选拔赛的评审,感到光荣,更感到惶恐。我自己觉得,我是不够资格的。为什么?号称"中国青春文学第一刊"的《最小说》,我以前没有看过,只知道卖得特火,最近翻了翻,发现自己竟然看不大懂,也看不大下去,觉得里面所写的小男生小女生那种真真假假的情感纠葛离我很远,离今天中学生的真实生活好像也很远。当然,这说明我对今天青春文学的新潮流太陌生了。所以,我说我不够资格。好在这次是海选,不用我投票,不会因为我的无知而耽误哪个选手。我的理解是,评审就好比特邀观众,坐在头排,幕间休息可以到后台转转,能够清楚地观看这场大戏的全过程。非常感谢给我这个机会,就当是补课,我会满怀兴趣地观看。

顺便说一说我的一点儿希望。鉴于大赛以《最小说》为平台,郭敬明本人担任执行评委,这个大赛难免会带有郭敬明色彩,但最好这种色彩不要太浓。我的意思是,通过大赛,我们得到的不只是"下一个郭敬明",还应该有"下一个韩寒",不只是下一个郭敬明和韩寒,下一个某某知名作家,更应该是不能用现有作家来定义、无法归入现有模式的新秀,他们不是"下一个",而是"这一个""第一个"。大赛的宗旨是选拔文学新人,新人的"新",应该包含这一层意思。

谢谢大家。

（本文为"THE NEXT－文学之新"全国新人选拔赛新闻发布会上的发言）

2008.6

写作上的从小见大

世界文学宝库中，有许多名篇是通过描叙日常小事阐明大道理的。即使那些宏大叙事的巨著，比如曹雪芹的《红楼梦》，托尔斯泰的《战争与和平》，占据大量篇幅的也是日常生活中的细节。人在一生中也许会遭遇大事，但遭遇最多的还是日常小事，不论伟大平凡，概莫能外。因此，对于写作者来说，从小见大是一项重要的功夫。

怎样做到从小见大？我的回答是，第一在平时练就"见"的眼力，第二在写作时如实写出所"见"。

大道理往往寓于小事之中，小事中却未必都蕴含大道理，因此首先就有一个选材的问题。硬从鸡零狗碎中开发出高论大言，牵强附会，这样的文章最讨人嫌。那么，怎样才能捕捉住真正值得"小题大做"的小事，并且做得恰到好处呢？"功夫在诗外。"陆游此言说出了写作的普遍真理。意义只向有心人敞开，你唯有平时就勤于思考宇宙、社会、人生的大道理，又敏于感受日常生活中的细小事物，才会有一副从小见大的好眼力。泰戈尔从一朵野花看到了造物主创造的耐心，敬畏之心油然而生，如此写道："我的主，你的世纪，一个接着一个，来完成一朵小小的野花。"同样的一朵野花，一个对宇宙和生命的真理毫无思考的人看见了，是什么感想也不会有的。

写作不是写作时才发生的事情，平时的积累最重要。心灵始终保持一种活泼的状态，如同一条浪花四溅的溪流，所谓好文章不过是被抓到手的其中一朵浪花罢了。长期以来，我养成了一个习惯，在生活中每遇到触动我的心灵的事，不论悲喜苦乐，随时记录下来，包括由之产生的思考。越是使我快乐或痛苦、感动或愤怒的事，我越不轻易放过，但也不沉溺其中，而是把它们当作认识人生和人性的宝贵材料。这样做的结果是，久而久之，我感到小与大之间的道路是畅通的，从小见大就不是什么难事了。

当然，具体写作时，是要有技巧的，但技巧并不复杂，我认为主要是两条。第一，对于所写的这件小事，要抓住它真正使你触动的情境和细节，这实际上是小和大之间的关联点，着重加以描叙，尽可能写得准确、细致、具体、生动，让读者感到，你被触动是多么自然的事情，他们在此情境中同样会被触动。在这样的描叙中，已经隐含大道理了。因此，第二，对于从小事中体悟到的大道理，只需作画龙点睛的表述，语言要简洁，切忌长篇大论，要质朴，切忌豪言壮语，最好还要独特，切忌老生常谈。最佳的效果是，读者从你所描叙的"小"中已经隐约见出了"大"，而在读到你的点睛之句时，仿佛刹那间被点破，发出了会心的微笑。

(本文为香港中国语文初中课本"语文经验谈"栏目特邀稿)

2008.8

怎样通过叙事来说理

通过叙事来说理，是常用的作文方式。这样的文章容易写得概念化、一般化，究其原因，往往因为所说之"理"并非作者从亲历之"事"中感悟，而是一个抽象的东西，于是只好概念先行，根据概念编造或推演出"事"来，然后贴上"理"的标签。结果，所叙之"事"必定显得假或者空，成为所说之"理"的生硬的图解。

其实，在生活中，人人都不缺乏由"事"悟"理"的机会，就看是否有心。请看《习惯说》，刘蓉就是一个有心人。书房的地上有一个坑，开始时，他踩到那里就别扭，觉得被绊了一下，久了便习惯了，好像坑不复存在。后来，坑被填平，开始时，他踩到那里又别扭，觉得隆起了一个坡，也是久了便习惯了。一般人如果经历这样的"事"，恐怕都会有所触动，但往往不去细想。刘蓉不然，他认真思考被触动的缘由，就是习惯的力量之大，可以使人觉得坑是平地，平地是坡，于是找出了寓于"事"中的"理"，即"君子之学贵慎始"。

所以，经历某件事，如果你被触动，若有所悟，这时候就要留心。你不要停留在若有所悟的状态，而要把若有所悟变成确有所悟，想清楚所悟的究竟是什么。某个"理"业已寓于"事"之中，你要把它找出来，而且要找得准，真正是这件"事"使你所悟的那个"理"。

一个人养成了这样由"事"悟"理"的习惯，借"事"说"理"就不是难事了。

　　第一要选取真正触动你的"事"，第二要找准你在"事"中悟到的"理"，在此前提下，写作的艺术在于"叙"。"叙"无定规，最能显出作者的水平。"叙"的关键是细节的处理，要把握好"叙"的节奏，有节制，有起伏，不妨还有悬念。"叙"好比演剧，此时"理"并不出场，但它却是始终在引导着"叙"的导演。最佳效果是，通篇是"叙"，却已经不露痕迹地把那个尚未"说"出的"理"呈现出来了，因此只需在最后"说"一句点睛的话就可以了，甚至连这句话也不必"说"了，这就好比导演只需在最后谢一下幕或者连谢幕也不必了。

　　（本文应香港培生朗文之约而写，收在香港中国语文初中二年级课本"语文经验谈"中，作为课文刘蓉《习惯说》之辅导文章）

2012.4

闲情的分量
——《闲情的分量》自序

迄今为止,关于中国古典作品,我所写的文字很少,几乎都集中在这本书里了。我的专业是西方哲学,长期来读得多的也是西方人文著作和文学作品。我当然知道,中国的经史子集中也有许多珍宝,一直想系统地读一读,挑出喜欢的作家和作品,写一写我的理解和感受。然而,因为精力所限,这个计划不断地往后推延。现在出版社来索稿,我暂时只拿得出这一点儿可怜的东西,真是非常惭愧。

本书由以下三个部分组成——

第一部分品宋词,是我 2007 年为《中国唐宋名篇音乐朗诵会·宋人弦歌》所写的序和台词。这一台节目由北京驱动文化传媒有限公司出品,在全国各地演了许多场,很受欢迎。篇目和辑题是该公司的老总钱程拟定的,我只做了少量修改和补充。钱程与我素昧平生,他热爱文学,在困境中以宋词自娱,酝酿了这一台节目,托人捎信给我,期望我承担相关的文字工作。我被他的诚意所感动,勉为其难,应了下来。我在中学时就非常喜欢宋词,借此机会得以重温,并把自己的体会写了出来。

第二部分品元曲,写作的由头也纯属偶然。那是十多年前的事了,我的朋友王菱做一套古典韵文"新赏"的书,元曲部分无人写,找到了我。与上述品宋词不同，这一部分的篇目是我自己选定的，而评论的文字则不着眼于文学，多是随想式的借题发挥。如此成一册小书，原题《断肠人在天涯——元代爱情人生散曲新赏》，由四川人民出版社于1992年出版。这本小书在市场上早已绝迹，就让它在这里再献一回丑。

第三部分是若干篇谈中国古代学者文人的旧作，曾经收在我的不同集子里，现在汇到了一起。其中，谈阮籍、袁宏道的两篇稍长，也比较系统一些，而谈孔子、韩愈、苏轼、玄奘的诸篇都只是小随笔。盘点的结果让我自己很吃惊，存货竟这样少，对于我钟爱的庄子、陶渊明、李白、王阳明等人，我怎么会没有写任何文字。

在中国文人身上，从来有励志和闲情两面。励志，就是经世济用，追求功名，为儒家所推崇。闲情，就是逍遥自在，超脱功名，为道家所提倡。不过，这只是相对而言，即使在儒家始祖孔子身上，我也看到了闲情的一面。我发现，我所欣赏的古典作家和作品，往往是闲情这一面特别突出的。宋词和元曲讴歌男欢女爱，阮籍、陶渊明、袁宏道、李白、苏轼纵情山水，我从中看到的是对生命本体的热爱和对精神自由的追求，而人生最宝贵的价值岂不就在于此？对闲情不可等闲视之，它是中国特色的人性的解放，性灵的表达，在中国文化传统和中国文人生活中所占的分量很重很重。只有励志，没有闲情，中国文人真不知会成为怎样的俗物。所以，我用"闲情的分量"做书名，来概括我品评中国古典作品的视角。

2008.9

风景是永恒

看马建华的风景油画写生作品,我感到亲切、温暖、喜悦,然后是一种仿佛久违的宁静。城市里的喧闹和浮华突然消失了,我回到了一个本质的世界。我惊喜地发现,那个世界并未被毁弃,也没有力量能把它毁弃,它始终存在着,并将永远存在。

我的心中回响着里尔克的诗句:"风景是严肃,是重量,是永恒。"是的,人会媚俗,风景不会,时尚会轻浮,风景不会,朝代会覆灭,风景不会。在一切绘画题材中,风景画似乎是最远离时代的,因此难以成为时代的宠儿,但也因此能在任何时代拥有一个安静的位置。

在今天这个急功近利的时代,一个画家仍然潜心于画风景,似乎是要耐得寂寞的。不过,这只是外人的推想,我知道,对于画家本人来说,其实是性情使然,乐在其中。他注视农舍、木屋、田间的草垛、村口的小店、老街的石板路,心中无比踏实。他观察风景在季节变迁、气象变化中的微妙差别,心中充满感动。于是他拿起了画笔,那是他向生命感恩的仪式。

据我观察,一个好的风景画家,往往有一颗孩子般单纯的心。所以,他本能地亲近单纯的事物,那就是自然和风景。也所以,他能够用单纯的眼光看事物,看见了在红尘中打滚的人熟视无睹的美。

我和马建华曾在同一个县城生活。那是三十多年前了，我大学毕业分配到那里，他还在读中学吧，留在印象里的是一个安静的少年，遇见时朝我含笑点一点头，不说话。七年前，我去桂林出差，偶然相遇，自此有了交往。他依然是安静的，每次见面话不多，我问他的工作，他轻描淡写地说画一点儿画。现在看到他的画竟这么好，我颇感意外，但正所谓意料之外，情理之中，他是那样一个单纯的人，画出这么好的风景画是丝毫不奇怪的。

2011.11

第九辑

唯美的欢娱

唯美的欢娱
——唐宋名篇音乐朗诵会《宋人弦歌》序

今夜,让我们沿着时光之河向回航行,在一千年前的长江上岸。展现在我们眼前的,是祖国历史上一个著名的王朝,它辉煌到了极点,又屈辱到了极点,留下的是不尽的怀念,不尽的惋惜。

绵延了三百余年的宋朝,前半期统一而繁荣,后半期丧权而偏安,有太多的欢笑,也有太多的眼泪,而这欢笑和眼泪,共同催放了中国文学的一朵奇葩——宋词。

我们来到了北宋的首都汴京,由今日的开封,怎能想象它当年的奢华。通衢大道上,香车宝马奔驰,游人熙来攘往。举目四望,到处是雕楼画阁,绣户朱帘。深街小巷内,燕馆歌楼密布,达数万家之多。最不寻常的是,满城的青楼、歌厅、茶坊、酒肆,响彻管弦丝竹之声,一片莺歌燕舞的景象。出入这些场所的,有普通市民,也有达官贵人。宋王朝给士大夫的生活待遇之优厚,没有一个朝代比得上,使他们得以优游岁月,宴饮唱和之风盛行。无论在公共娱乐场所,还是在私人宴会,歌妓是重要的角色,弦歌是必有的节目。曲调是现成的,文人骚客竞相为之填词,每有佳作问世,很快唱遍塞北江南。

今天也许难以相信,在隋、唐、宋三朝,漫长的七百年间,中国曾经是一个流行音乐大国，来自中亚、西域的明快热烈的印度系音乐风靡全国，倾倒朝野，而低缓单调的中国古乐则受到了冷落，仅用于某些祭祀仪式。唐宋两朝设有教坊，实际上是宫廷乐团兼国家音乐学院，专门排演、教习、创作流行音乐。宋朝还设有大晟府，翻译成现代汉语，可以叫国家音乐总署，兼具国家音乐出版社的职能，编集和刊行流行的曲谱。正是在这浓烈的音乐氛围中，词的创作成了文坛第一时尚，词的艺术达到了历史的顶峰，宋词成了足可与唐诗、元曲媲美的中国文学瑰宝。

词的作者是文人学士，唱者大多是妙龄歌女，其间就有了一种微妙的关系。没有一种文学体裁像词这样深深地受到女性的熏陶。有一首宋词写道："月如眉，浅笑含双靥，低声唱小词。"让美女在花前月下吟唱的小词，自然应该是情意缠绵的了。因此，在相当长的时间里，词的主题不外是伤春悲秋，离情别绪，男欢女爱；风格则以柔美婉约为正宗。词和诗之间有了一种不成文的分工，诗言志而词言情，诗须庄重而词求妩媚。一切儿女情长、英雄气短的情思，不能诉之于诗文的，在词中都得到了尽兴的宣泄。词致力于表达委婉悱恻的情感，描摹深微细腻的心绪，把一种精致的审美趣味发挥到了极致。在文以载道的古代中国，宋词也许是绝无仅有的唯美文学，它的文字、意境和音乐的美，没有一个文学品种比得上。

当然，婉约不是宋词唯一的风格。首先是苏轼，然后是辛弃疾，向词中吹进了强劲的豪放之风。在他们影响下，词与诗的界限被打破，词的题材大大拓宽，演变成了一种既可言情也可咏志的新诗体。靖康之变后，南宋词人在婉约中多了山河破碎的哀怨，在豪放中多了壮志未酬的悲伤。

宋词是音乐的产儿，流行歌曲的歌词。可惜的是，当年的曲谱均已失传,在历史的流传中,宋词早已脱离音乐,只被当作文学来欣赏。这是中国音乐史的巨大损失,作为音乐的宋人弦歌已成千古之谜,留给我们的是不尽的遗憾,不尽的想象。

2007.7

明月几时有
——苏轼词赏析

水调歌头

明月几时有?把酒问青天。不知天上宫阙,今夕是何年。我欲乘风归去,又恐琼楼玉宇,高处不胜寒。起舞弄清影,何似在人间!

转朱阁,低绮户,照无眠。不应有恨,何事长向别时圆?人有悲欢离合,月有阴晴圆缺,此事古难全。但愿人长久,千里共婵娟。

在全部宋词中,这一首《水调歌头》也许是传诵最广、最脍炙人口的。苏东坡不愧是大文豪,中秋赏月怀人,原是最常见的题材,到了他的笔下,偏能不同凡响,赏月赏得这样壮思逸飞,怀人怀得这样胸怀宽广。上片赏月,他身上玄想的哲人问"明月几时有",他身上浪漫的诗人"欲乘风归去",而最后的心愿却是平实的"何似在人间"。下片由赏月而怀人,他身上多愁善感的诗人怨月亮"偏向别时圆",他身上豁达的哲人用"此事古难全"来开导,而最后的心愿也是平实的"但愿人长久"。苏东坡是哲人、诗人,但归根到底是一个真性情的常人，这正是他最可爱的地方。

苏词以豪放著称，但又岂是豪放这个词概括得了的。他的作品的魅力来自他的人格的魅力，他兼有大气魄和真性情，这两种品质统一在同一人身上极为难得，使他笔下流出的文字既雄健又空灵，既豪迈又清旷，不但境大，而且格高。读他的作品，我们如同登高望远，真觉得天地宽阔而人生美好。

卜算子·黄州定惠院寓居作

缺月挂疏桐，漏断人初静。谁见幽人独往来，缥缈孤鸿影。
惊起却回头，有恨无人省。拣尽寒枝不肯栖，寂寞沙洲冷。

飘忽得像一个梦，又清晰得像一幕哑剧。词中的那个幽人是谁？是一位相识的女子，是作者自己，还是一个虚构的意象？不知道，只知道我们的心为之战栗，充满了忧伤的同情。

江城子·乙卯正月二十日夜记梦

十年生死两茫茫。不思量，自难忘。千里孤坟,无处话凄凉。纵使相逢应不识，尘满面，鬓如霜。
夜来幽梦忽还乡。小轩窗,正梳妆。相顾无言,惟有泪千行。料得年年肠断处，明月夜，短松冈。

这是一首传诵千古的悼亡词，句句无比沉痛，句句无比真实，句句有千钧之力。苏轼悼念的是去世十年的爱妻，却准确地写出了每一个曾经痛失爱侣、亲人、挚友的人的共同心境。

生者与逝者,无论从前多么相爱相知,现在已经生死隔绝,彼此都茫然不知对方的情形了。"两茫茫"是一个基本境况,笼罩着彼此的一切关系。生者的生活仍在继续,未必天天想念逝者,但这绝不意味着忘却。不忘却又能怎样,世界之大,找不到一个可以向逝者诉说的地方。即使有相逢的可能,双方都不是从前的样子了,不会再相识。这正是"两茫茫"造成的绝望境地。梦见了从前在一起时的熟悉情景,"两茫茫"的意识又立刻发生作用,把从前的温馨浸透在现在的哀伤之中。料想那逝者也是如此,年复一年地被隔绝在永恒的沉默之中。

念奴娇·赤壁怀古

> 大江东去,浪淘尽,千古风流人物。故垒西边,人道是,三国周郎赤壁。乱石穿空,惊涛拍岸,卷起千堆雪。江山如画,一时多少豪杰!
> 遥想公瑾当年,小乔初嫁了,雄姿英发。羽扇纶巾,谈笑间,樯橹灰飞烟灭。故国神游,多情应笑我,早生华发。人生如梦,一尊还酹江月。

和那一首咏月的《水调歌头》一样,这一首咏史的《念奴娇》也堪称宋词中最伟大的作品,同样地笔力雄健,同样地境界高旷。不同的是,这一首更多地展现了苏轼英雄本色的一面,气势更为磅礴。在赤壁这个地点怀古,眼前的景是大江、乱石、惊涛,所怀的古是智胜赤壁之战的风流将才周瑜,现实中的雄景与历史上的豪杰交相辉映。想到自己的英雄之志未得施展，不免自嘲。但是，不同于辛弃疾的愤激，苏轼毕竟有哲人的辽阔眼界，能比一切英雄功业站得更高。"大江东去，浪淘尽，千古风流人物。"再风流的人物也会被时间的浪涛卷走。纵然"江山如画"，终究"人生如梦"，所以不必把功业看得太重要。"一尊还酹江月"，是祭历史上的豪杰，也是祭自己和一切人的普通人生。

2007.7

物是人非事事休
——李清照词赏析

武陵春

风住尘香花已尽,日晚倦梳头。物是人非事事休,欲语泪先流。

闻说双溪春尚好,也拟泛轻舟。只恐双溪舴艋舟,载不动,许多愁。

若要推中国古今第一才女,大约非李清照莫属。她的大部分作品已散失,流传下来的只有几十首词和诗,郑振铎先生曾感叹道,这个损失不亚于希腊失去了女诗人萨福的大部分作品。不过,流传下来的几乎都是精品,已经足够我们为她举办一台专场朗诵音乐会了。

李清照的词以大手笔写小女子情态,清丽又大气,在两宋词坛上独具一格。最好的抒情诗人,第一情感真实,绝不无病呻吟,第二语言质朴,绝不刻意雕琢。李清照正是这样,善于用口语化的寻常语言表达深刻的人生感受。在这一点上,能和她媲美的词人,也就李煜、苏轼、辛弃疾三人而已。

生活在两宋之交的这位贵族女子，一生被靖康之变斩为两截，前半生是天堂，后半生是地狱。人到中年，她接连遭遇北方家国沦陷、恩爱丈夫病故、珍贵收藏失尽的灾难，由名门才女沦落为乱世流民，从此凄凉而孤单地消度残年。然而，正是在人生的逆境中，她的创作进入了最佳状态。比如这一首《武陵春》，我们所看到的，完全不是一个词人在遣词造句，而是一个尝尽人世辛酸的女人在自言自语，句句都从心底里流出来。面对狂风后的满地落花，她心灰意懒，了无生趣。她生命中的花朵也已经被狂风打尽，她的余生似乎注定不会有新的花朵开放了。她的境况用一句话概括，就是"物是人非事事休"，这个哀伤的旋律贯穿在她后期的全部作品之中。她没有想到的是，这些作品正是她生命中最美丽的花朵，会永远开放在人类艺术的花园里。

醉花阴

薄雾浓云愁永昼，瑞脑消金兽。佳节又重阳，玉枕纱橱，半夜凉初透。

东篱把酒黄昏后，有暗香盈袖。莫道不消魂，帘卷西风，人比黄花瘦。

这首词是李清照前期的名作，因思念两地分居的丈夫而写。丈夫也是文人，收到后欲一比高低，废寝忘食三昼夜，写了五十几首词，把这一首混在里面，请一位朋友品评。那位朋友读后说，有三句绝佳。这三句是："莫道不消魂，帘卷西风，人比黄花瘦。"

李清照真为女性争光。

一剪梅

  红藕香残玉簟秋。轻解罗裳,独上兰舟。云中谁寄锦书来?雁字回时,月满西楼。
  花自飘零水自流。一种相思,两处闲愁。此情无计可消除,才下眉头,却上心头。

写相思之情"无计可消除,才下眉头,却上心头",妙趣横生,使整首词活了起来。

2007.7

春花秋月何时了
——李煜词赏析

相见欢

无言独上西楼,月如钩,寂寞梧桐,深院锁清秋。
剪不断,理还乱,是离愁,别是一般滋味在心头。

句句明白,没有一个生字。句句凝练,没有一个废字。寥寥几笔,情景毕现。这才叫大家小品,能让人过目不忘,回味无穷。

浪淘沙

帘外雨潺潺,春意阑珊,罗衾不耐五更寒。梦里不知身是客,一晌贪欢。
独自莫凭栏,无限江山,别时容易见时难。流水落花春去也,天上人间。

虞美人

春花秋月何时了,往事知多少。小楼昨夜又东风,故国不堪回首月明中。

雕栏玉砌应犹在,只是朱颜改。问君能有几多愁,恰似一江春水向东流。

历史经常发生误会。像李后主这样一个人,原是一位天生的诗人,心灵极单纯,情感极真挚,艺术天赋极高,对政治毫无兴趣,可是阴错阳差,偏偏在亡国前当上了皇帝,他的人生就注定是一出悲剧了。然而,他到底是一位天生的诗人,无论在后唐的帝位上,还是做了大宋的臣虏,写的词都充满性灵,从不作帝王家语,而是作为一个最真实的人,诉说自己最真实的心情。他的人,他的作品,最鲜明的特点就是一个"真"字。尤其入宋后的作品,真个是满纸血泪,字字催人泪下。

然而,我们看到,尽管情境凄楚,他的词却丝毫不让人感到局促压抑,反而是清新明朗,王国维形容为"神秀",非常准确。他用素淡的白描写出了深沉的感情,语言本色,风格含蓄,情味隽永,如同一位天成丽质的素衣女郎。

真正的大诗人,他的心灵与宇宙的生命息息相通,所表达的绝不限于一己的悲欢,而是能够由个人的身世体悟人生的普遍真相。"春花秋月何时了,往事知多少。"面对自然景物的周而复始和时光的永恒流逝,我们人人都会怀念自己人生中那些一去不返的珍贵往事。"别时容易见时难。"何止沦陷的江山如此,我们都可能经历相似的悲痛和无奈,与自己珍爱的人或事一朝诀别。李煜的心既敏感又博大,这使得他的作品虽然情感缠绵，却有开阔的境界。

四十二岁生日那一天，在软禁的小楼里，李煜让歌女唱这首以"春花秋月何时了"开头的《虞美人》，宋太宗知道了，断定他对大宋怀有二心，命令他服毒药自杀。在漫长的专制社会中，这是许多诗人的命运，他们的作品仅被从狭隘政治的角度理解，因此而遭到迫害乃至杀害。

2007.7

却道天凉好个秋
——辛弃疾词赏析

青玉案·元夕

东风夜放花千树。更吹落,星如雨。宝马雕车香满路。凤箫声动,玉壶光转,一夜鱼龙舞。

蛾儿雪柳黄金缕,笑语盈盈暗香去。众里寻他千百度,蓦然回首,那人却在,灯火阑珊处。

节庆热闹而欢腾,可是,有谁知道热闹反衬下的寂寞,欢腾映照下的孤独?眼看花枝招展的游女们嬉笑着走过,一队队都消失在灯火辉煌的背景中了,那个寻找了一百次、一千次的人仍然没有出现。无意中回头,却发现那个人茕茕孑立,站在灯火最冷清的地方。

那个人是谁?有人说,是作者的意中人,一位脱俗的女子。有人说,是作者自况,寄寓了高洁的怀抱。其实,无论哪一说成立,作品的意蕴是一致的,都是对孤高人品的赞美。我们也许可以引申说,不管人世多么热闹,每一个人都应该保持一个内在的宁静的"自我",这个"自我"是永远值得"众里寻他千百度"的。

鹧鸪天

　　陌上柔桑破嫩芽，东邻蚕种已生些。平岗细草鸣黄犊，斜日寒林点暮鸦。

　　山远近，路横斜，青旗沽酒有人家。城中桃李愁风雨，春在溪头荠菜花。

　　这首《鹧鸪天》是辛弃疾乡居田园词的代表，把乡村景物写得细致真实，历历在目。

　　请注意最后两句。春的源头在乡村，而不在城市。英国诗人库柏也曾写道："上帝创造了乡村，人类创造了城市。"在今天大规模城市化的进程中，我们不妨反省一下，我们是否毁掉了上帝的作品，截断了春的源头？

丑奴儿·书博山道中壁

　　少年不识愁滋味，爱上层楼。爱上层楼，为赋新词强说愁。
　　而今识尽愁滋味，欲说还休。欲说还休，却道天凉好个秋。

　　在辛弃疾的几百首词中，这一首传诵最广。它的确是一首绝妙好词，言简而意赅，语浅而情深，表达了普遍的人生感受。

　　年少之时，我们往往容易无病呻吟，夸大自己的痛苦，甚至夸耀自己的痛苦。究其原因，大约有二。其一，是对人生的无知，没有经历过大痛苦，就把一点儿小烦恼当成了大痛苦。其二，是虚荣心，在文学青年身上尤其突出，把痛苦当作装饰和品位，显示自己与众不同。只是到了真正饱经沧桑之后，我们才明白，人生的小烦恼是不值得说的，大痛苦又是不可说的。我们把痛苦当作人生本质的一个组成部分接受下来，带着它继续生活。如果一定要说，我们就说点儿别的，比如天气。"却道天凉好个秋"——这个结尾意味深长，是不可说之说，是辛酸的幽默。

西江月·遣兴

醉里且贪欢笑，要愁那得工夫。近来始觉古人书，信着全无是处。

昨夜松边醉倒，问松"我醉何如"？只疑松动要来扶，以手推松曰"去"！

辛弃疾是一个有勇有谋的真英雄，胸怀抗金复国的大志，但英雄无用武之地，长年赋闲乡居。他又是一个能文能武的全才，被压抑的无穷精力就向文学中释放，成了宋代最高产的词人，留传至今的词作有六百二十九首之多。他无意做文人，只是要抒发胸臆，有感即发，创作的心态十分自由，无事不可入词，嬉笑怒骂皆成文章，题材非常广阔。风格也是多种多样，"夜半狂歌悲风起"的慷慨悲壮是主旋律，但也有"茅檐低小，溪上青青草"的朴素清新，"小楼春色里，幽梦雨声中"的纤丽婉约。

这首小令也表现了辛词的一种特色，通篇口语，像一篇短小的散文。评家认为，苏轼以诗入词，辛弃疾以散文入词，是解放词体的两位大改革家。

人们常说酒后失态，其实酒后往往露出了平时被掩饰的真态。你看在这首词里，活脱脱一个硬汉子辛弃疾，无论上片的发牢骚，还是下片的醉话，都充满傲气。

2007.7

图书在版编目（CIP）数据

醒客的世界／周国平著. －－北京：北京十月文艺出版社，2019.11
ISBN 978-7-5302-1986-7

Ⅰ．①醒… Ⅱ．①周… Ⅲ．①散文集－中国－当代 Ⅳ．①I267

中国版本图书馆CIP数据核字（2019）第171743号

醒客的世界
XINGKE DE SHIJIE
周国平 著

出　　版	北京出版集团公司
	北京十月文艺出版社
地　　址	北京北三环中路6号
邮　　编	100120
网　　址	www.bph.com.cn
发　　行	新经典发行有限公司
	电话 (010)68423599
经　　销	新华书店
印　　刷	北京中科印刷有限公司
版　　次	2019年11月第1版
	2019年11月第1次印刷
开　　本	880毫米×1230毫米　1/32
印　　张	8
字　　数	105千字
书　　号	ISBN 978-7-5302-1986-7
定　　价	45.00元

质量监督电话 010-58572393
如有印装质量问题，由本社负责调换。

版权所有，未经书面许可，不得转载、复制、翻印，违者必究。